倪匡奇情作品集

木蘭花傳奇 28

神蹟

（含：金廟奇佛、陷阱）

倪匡 著

目錄

金廟奇佛

陷阱

【總序】

木蘭花VS.衛斯理——倪匡奇幻系列的兩大巔峰

秦懷玉

對所有的倪匡小說迷來說，《衛斯理傳奇》無疑是他最成功、也最膾炙人口的作品了，然而，卻鮮有讀者知道，早在《衛斯理傳奇》之前，倪匡就已經創造了一個以女性為主角的系列奇情故事，甫出版即造成大轟動，《木蘭花傳奇》遂成為倪匡眾多著作中最具特色與最受讀者喜愛的兩大系列之一；只因衛斯理的魅力太過強大，使得《木蘭花傳奇》的光芒被掩蓋，長此以往被讀者忽視的情形下，漸漸成了遺珠。

5 神蹟

有鑑於此，時值倪匡仙逝週年之際，本社特別重新揭刊此一系列，希望藉由新的編排與介紹，使喜愛倪匡的讀者也能好好認識她。

《木蘭花傳奇》是倪匡以筆名「魏力」所寫的動作小說系列。原載於香港新報及《武俠世界》雜誌，內容主要是以黑女俠木蘭花、堂妹穆秀珍及花花公子高翔三人所組成的「東方三俠」為主體，專門對抗惡人及神秘組織，他們先後打敗了號稱「世界上最危險的犯罪集團」的黑龍黨、超人集團、紅衫俱樂部、赤魔團、暗殺黨、黑手黨、血影掌，及暹羅鬥魚貝泰主持的犯罪組織等等，更曾和各國特務周旋、鬥法。

如果說衛斯理是世界上遇過最多奇事的人，那麼打擊犯罪集團次數最高的，即非東方三俠莫屬了。書中主角木蘭花是個兼具美貌與頭腦的現代奇女子，在柔道和空手道上有著極高的造詣，正義感十足，她的生活多采多姿，充滿了各類型的挑戰；她的最佳搭檔：堂妹穆秀珍，則是潛泳高手，亦好打抱不平，兩人一搭一唱，配合無間，一同冒險犯難；再加上英俊瀟灑，堪稱是神隊友的高翔，三人出生入死，破獲無數連各國警界都頭痛不已的大案。

若是以衛斯理打敗黑手黨及胡克黨就得到國際刑警的特殊證明文件的標準來看，木蘭花在國際刑警的地位，其實應該更高。

相較於《衛斯理傳奇》，《木蘭花傳奇》是入世的，在滾滾紅塵中演出令人目眩神搖的傳奇事蹟。衛斯理的日常儼然是跟外星人打交道，遊走於地球和外太空之間，事蹟總是跟外星人脫不了干係；木蘭花則是繞著全世界的黑幫罪犯跑，哪裡有犯罪者，哪裡就有她的身影！可說是地球上所有犯罪者的剋星！

而《木蘭花傳奇》中所啟用的各種道具，例如死光錶、隱形人等等，一如倪匡慣有的風格，皆是最先進的高科技產物，令讀者看得目不暇給，更不得不佩服倪匡驚人的想像力。

尤其，木蘭花等人的足跡遍及天下，包括南美利馬高原、喜馬拉雅山冰川、北極、海底古城、獵頭族居住的原始森林、神秘的達華拉宮及偏遠隱密的蠻荒地區等，讀者彷彿也隨著木蘭花去各處探險一般，緊張又刺激。

《衛斯理傳奇》與《木蘭花傳奇》兩系列由於歷年來深受讀者喜愛，書中主要角色逐漸由個人發展為「家族」型態，分枝關係的人物圖越顯豐富，好比《衛斯理傳奇》中的白素、溫寶裕、白老大、胡說等人，或是《木蘭花傳奇》中的「天使俠女」安妮和雲四風、雲五風等。倪匡曾經說過他塑造的十個最喜歡的小說人物，有三個在木蘭花系列中。白素和木蘭花更成為倪匡筆下最經典傳奇的兩位女主角。

在當年放眼皆是以男性為主流的奇情冒險故事中，倪匡的《木蘭花傳奇》可謂是開創了另一番令人耳目一新的寫作風貌，打破過去女性只能擔任花瓶角色的傳統窠臼，以及美女永遠是「波大無腦」的刻板印象，完美塑造了一個女版〇〇七的形象。猶如時下好萊塢電影「神力女超人」、「黑寡婦」等漫威女英雄般，女性不再是荏弱無助的男人附庸，反而更能以其細膩的觀察力及敏銳的第六感，來解決各種棘手的難題，也再一次印證了倪匡與眾不同的眼光與新潮先進的思想，實非常人所能及。

《女黑俠木蘭花傳奇》共有六十個精彩的冒險故事，也是倪匡作品中數量第二多的系列。每本內容皆是獨立的單元，但又前後互有呼應，為了讓讀者能更方便快速地欣賞，新策畫的《木蘭花傳奇》每本皆包含兩個故事，共三十本刊完。讀者必定能從書中感受到東方三俠的聰明機智與出神入化的神奇經歷，從而膾炙人口，成為讀者心目中華人世界無人能敵的女俠英雌。

金廟奇佛

1 中蠱

金黃色的朝陽，自窗簾的隙縫中照進來，映在安妮長長的睫毛上，安妮沉靜地睡著。

她已經完全是一個少女了，和她還是小女孩子的時候相比，她的臉色也不再是那麼蒼白，而有著一種天然的紅潤。

她翻了一個身，陽光打破了她的好夢，她坐起身來，揉了揉眼，向床頭的鐘看了一眼，已經九點半了！

安妮的心中雖有點奇怪，木蘭花替她訂下了嚴格的自學課程，每天早上八時半，不論她睡得多麼沉，木蘭花一定會將她搖醒。而她醒來後的第一件事，就是跟著木蘭花練習各式各樣的武技。

安妮的個子已經很高，但是她卻很纖細，木蘭花教她技擊，也都偏重於巧勁這一方面的招式，但由於木蘭花對技擊有著非常深湛的研究，光是這一部分，已經夠使安妮朝夕苦練的了。

今天，為什麼自己竟可以晚起一個鐘頭呢？

安妮有些不解，她披起晨衣，推開了房門，大聲叫道：「蘭花姐！」

高翔在這時候，是早已到警局去的了，通常，只有她和木蘭花兩人在家中。

但現在，在叫了一聲之後，她已經可以肯定，家中只有她一個人！

她下了樓梯，又叫了一聲，仍然沒有人回答她。

她跳下最終幾級樓梯，已經看到桌上有著一張紙，安妮直來到了桌前，那是木蘭花留下的書紙：

安妮，我到醫院去，有些事，你切記得自己練習。

安妮皺著眉，在桌邊坐了下來。

木蘭花到醫院去了。

她為什麼到醫院去？是她有了什麼意外？

安妮雖然漸漸長大，可是她愛好幻想的習慣，仍然一樣，一件很小的小事，在她豐富的想像力的擴展下，會轉變成許許多多古怪的念頭。

可是，無論如何，木蘭花是不會有意外的，但是，她為什麼要到醫院去，是別人有了意外？

安妮呆了片刻，來到了電話機旁，她撥了穆秀珍家的電話，可是，穆秀珍不在。

更使得安妮心中不安的是，僕人的回答是，雲四風和穆秀珍也到醫院去了！

安妮的心怦怦跳著，她又打電話找高翔，警局的回答是：

高主任到醫院去了！

安妮呆了半晌，她越來越覺得，事情有點不尋常了，為什麼所有的人都在醫院？

安妮呆了好一會，才又打電話到雲氏工業大廈，找雲五風。

當她轉到那邊的電話，正發出「滋滋」聲的時候，她心中正在暗暗禱告著：天，不要五風也在醫院中。

電話有人接聽了，安妮道：「請五風轉電話，我是安妮！」

她聽到的是一個職員的聲音：「對不起，安妮小姐，雲先生才一上班，就到醫院去了！」

安妮忙道：「你知道是什麼醫院麼？」

那職員答道：「好像是林道博士主持的私人醫院。」

安妮有點著急，她又問：「那家醫院，在什麼地方？」

那職員抱歉地道：「對不起，不知道。」

安妮放下了電話。

雖然木蘭花留下的字條，是叫她自己練習，但是這時，她的決定卻是：既然所有的人都在醫院中，那麼她也要去！

已經有醫院的名稱，要找尋那所醫院的地址，自然不是什麼難事。安妮只花了五分鐘時間，打了幾個電話，就知道了它的地址。

她匆匆換了衣服，奔出門口，上了她自己的車子。

那是她十五歲生日，雲家五兄弟、穆秀珍和木蘭花一起送給她的生日禮物，特種鈦合金外殼，雲氏工業系統出品，特別設計的精良引擎，以及許多其他車子所沒有的設備，顏色是悅目的銀紫色，駛出了大門。

一面駕著車，安妮一面仍然在不斷地想著：究竟是什麼人有了病，以致人家全到醫院去了？

安妮很有點不高興，因為木蘭花沒有叫醒她，和她一起去。

她已經不是小孩子了，可不是麼，早已過了十五歲生日的人，還能算是小孩麼？

她的車子轉上了一條路，在兩邊的林蔭中向前駛著。

她已經知道，林道博士的醫院，並不是公開營業的醫院，而是私人的醫院，可以說是林道博士個人的一個醫療實驗室。

而她也在電話中問清楚了，林道博士，是舉世聞名的熱帶傳染病專家，對於叢林和沼澤地區的熱病，尤有獨到的研究，他是世界上最早分析出熱帶黃熱病長螺旋形病原體的人。

車子終於停在一幢精緻的洋房前，車子一停下，安妮就看到木蘭花的車子、穆秀珍的大紅色跑車，及雲五風那輛在外表上看來，舊得像是一堆廢鐵，但是性能卻堪稱世界第一的車子全在。

安妮在門口輕輕按了一下喇叭，就有一個男工，將鐵門拉了開來，安妮駛進鐵門，將車子停在雲五風的車子旁邊。

她走進醫院，便向值日護士問道：「木蘭花小姐，她在那裏？」

那護士指著樓梯，道：「他們全在樓上。」

安妮急急走了上去，樓上是很寬闊的，陽光充足的走廊，靜得出奇。

有一位護士走過來，安妮又問她木蘭花在什麼地方，那護士向一間房間的門指了指，低聲道：「在裏面，最好別去打擾他們！」

安妮道：「不行，我一定要進去。」

護士點了點頭，道：「那麼，請靜一點。」

安妮吸了一口氣，她更感到事情不尋常了，一定是有什麼人得了重病。

她急急來到房門口，握住了門柄，輕輕旋轉著，將門推了開來。

那是一間很寬敞的病房，病房中有很多人，安妮認識的人幾乎全在了，他們都站在床前，低著頭。

面對著房門的是雲四風、雲五風，還有雲氏五兄弟中的大哥和二哥，在他們的旁邊的，是一個穿著白袍，神色很嚴肅的中年人，他可能就是林道博士。

背對著安妮的，是木蘭花、穆秀珍，還有兩個護士。

每個人都默默地站著，低著頭，幾乎沒有人注意到安妮已經推門走了進來。

安妮立時向病床上望去，病床上的確躺著一個人，可是安妮已經來遲了，她看不到床上躺著的是什麼人，因為潔白的床單，已經蓋住了那人的臉，也就是說，床上躺著的那人，與世長辭了！

安妮一看到這種情形，陡地震動了一下！

她本是慢慢地將門推上的，但因為陡地震動了一下，是以門在關上的時候，發出了「砰」地一下聲響來。

但是那一下聲響，卻沒有引起病房中的人注意，只有兩個護士轉過頭來看了一下，其餘的人，仍然是呆呆地站立著，一動也不動。

安妮吸了一口氣，慢慢向前走著，來到了穆秀珍的身邊，她的心中，本來是有許多問題要問的，可是這時人人不出聲，病房中靜得如此出奇，她也緊抿著嘴，一聲不出。

穆秀珍轉頭向她望了一眼，就握住了她的手。

安妮感到穆秀珍的手冷而出汗，她又向木蘭花望了一眼。木蘭花雙眉深鎖，望著床上。

過了好久，才聽得雲四風聲音哽咽，喃喃地道：「三哥，你怎麼那麼快就去了？」

安妮的身子又陡地一震，沒有人掀起白床單來，自然安妮仍然看不到躺在床上的是什麼人，但是雲四風悲傷的聲調所講出來的話，等於已經告訴了她，床上的那個死者，是雲氏兄弟中的老三，雲三風。

這實在是不可能的事，雖然說人有旦夕禍福，但是雲三風竟忽然死了！

安妮睜大了眼睛，不由自主，搖了搖頭。

她是個感情極其豐富的女孩子，雲氏五兄弟中，她最接近的自然是四風和五風，但是三風對她也很好，如今忽然死了……

安妮只覺得鼻子一陣發酸，雙眼之中，淚花亂轉，淚水已經滴了下來。

那實在是不可能的事，兩天之前，雲三風從東南亞某國回來，還送給她一件很有趣的小玩意，那是一顆老虎的牙，據說是可以辟邪的，在那隻老虎牙上，還雕刻著一座佛像，當天他們還在一起吃晚飯，只不過隔了兩天……這實在是不可能的事！

在雲四風講了幾句話之後，每一個人都沉默著不出聲，安妮突然叫了起來，道：「蘭花姐，不會是三哥，三哥不會死的！」

所有的人臉上都現出極其悲戚的神色來，穆秀珍將安妮的手握得更緊，木蘭花緩緩抬起頭來，道：「林博士，他的病……」

林道博士搖了搖頭，道：「我們到隔壁房間去，怎麼樣？病人已經證實死亡了！」

雲五風悲戚地道：「那是不可能的！」

林道博士苦笑著，道：「然而，他的確死了，我們無法因為感情而否認事實的。」

雲四風的神情很有點激動，道：「那麼，他究竟是什麼病？」

林道博士搓著手，道：「我不知道，或許在經過詳細的剖驗之後，可以有一個初步的結果，或許永遠也找不到結果，人類的科學，實在遠處在嬰兒階段。」

安妮喘著氣道：「怎麼會？三哥平時身體那麼好，前天我們才在一起……」

雲一風的聲音很低沉，看來他雖然悲戚，但是還維持著一定的鎮定，道：「今天清晨，我陪他進醫院的時候，他也只不過感到出奇的口渴而已。」

林道博士走到了病房的門口，道：「請到這裡來，我看牧師快來了，各位，請進來。」

所有的人，都魚貫離開了病房，來到了林道博士的工作室，坐了下來，氣氛仍然是悲哀而沉默，幾乎沒有人願意講話。

林道博士在書架中找著書，很久，他才找到了一本厚厚的書，翻了開來，道：「不錯，同樣的病例，有過報導，起先是病者異常的口渴、焦躁，接著，身體各部分便出現紅色的斑點，然後，呼吸減弱，心臟跳動緩慢，最後死亡。孫定傳教士說，這種病……」

林道博士講到這裡，略頓了一下，在他的臉上，現出了一種很古怪的神色來。

木蘭花這時還是第一次開口，她道：「這位傳教士有什麼結論？」

林道博士苦笑著，道：「他的結論是，那不是病，是中了蠱。」

聽到的人都震動了一下！

蠱！

「蠱」，是不可思議的一件事，在中國雲南、貴州，叫作「蠱」；在泰緬邊境、在馬來叢林中、在越南的山地叢林中，叫作「降頭」。

那是一種離奇的，原始的巫術，可以置人於死！

雲三風死於「蠱」？

他才從某國回來，在某國，他遊歷過北部的蠻荒地區，然而，現在科學如此昌明，「蠱」或「降頭」，這一種事實在太難令人相信了。

可是事實擺在那裡，雲三風的確死了，死得那麼突然！

木蘭花緩緩地吸了一口氣，望著各人道：「我們先料理了三哥的喪事再說吧！」

雲一風清了清喉嚨，道：「我有幾句話要說，三弟的屍體，我贊成留下來，讓林道博士作詳盡的剖驗，研究，你們同意麼？」

雲氏兄弟都點著頭。

雲四風道：「我相信三哥在天之靈，一定也同意的。」

林道博士的神情有點激動，道：「如果這樣，我一定盡我的力量去研究他的死因。」

木蘭花忽然道：「我也要盡力。從別的途徑來研究三哥的死因。」

穆秀珍奇怪地道：「你的意思是……」

木蘭花不等她講完，就揮了揮手，木蘭花是很少有那樣煩躁不安的神情的，這時候，她顯然是因為心中的思緒亂到了極點，是以才會那樣的。

她一面揮著手，一面道：「秀珍，別問我，現在，我什麼頭緒也沒有。」

她講到這裡，忽然又道：「那錄音帶呢？」

雲四風道：「在我這裡。」

木蘭花道：「給我！」

雲四風自上衣袋中，取出一隻小小的錄音盒，遞給了木蘭花。

木蘭花接過，站了起來，又坐了下來。

安妮奇怪地望定了木蘭花，木蘭花竟會這樣坐立不安，那實在是難以想像的事。

木蘭花自己顯然也覺察到了這一點，她苦笑著道：「我們一個親人不幸死了，我……自然不免情緒激動，但是我認為三哥的死，十分奇怪和不可思議，其中可能包括著我們所不知道的許多怪異的事在內。」

各人都不出聲。

林道博士最先開口，道：「蘭花小姐，你的意思，是……」

木蘭花道：「讓我們再來聽聽三哥臨死前的那些話。」

林道博士道：「死者在臨死前，有一個短暫的時間，體溫升至一百零四度，這種情形，很有點像黃熱病，我認為這一段期間內，死者所說的話，只是熱病中的囈語，是沒有任何意義的。」

穆秀珍立時表示反對，道：「博士，你只是從醫學上的觀點來看，而我們則不同！」

林道博士點頭道：「或許是，各位請原諒，我失陪了。各位既然已決定由我來剖驗屍體，那我要立即做好一切準備工作。」

木蘭花道：「請便！」

林道博士走了出去，辦公室中又靜了片刻。

雲三風臨死之際，各人都在病房中，他們自然已經聽到過雲三風講些什麼，但是安妮卻沒有聽過。而木蘭花既然已表示了雲三風的死，可能有極其神秘的、不可思議的因素，安妮自然是更想知道其中的原委。

是以，她以焦急的目光望著木蘭花。

木蘭花的手按在錄音機上，道：「大家小心聽著，聽著三哥臨死前所講的每一個字，別將它當作是囈語！」

她說著，按下了鈕。

自錄音機中發出來的，是一陣濃重的喘息聲。

一個人，如果不是痛苦萬分，是不會發出那樣濃重的喘息來的。

最先聽到的，是雲四風的聲音，他在急急地道：「三哥，你感到怎樣？」

接著，又是一陣濃重的喘息聲，然後，才是雲三風的聲音，道：「他們……他們真的做到……」

穆秀珍的聲音在這時候插進來道：「博士，不能使他鎮定一點麼，你看他多痛苦！」

錄音帶播放到這裡，又是一陣濃厚的喘息聲。

雲五風望著錄音機，道：「三哥這時出好多汗，我替他抹去額上的汗，一條毛巾全濕了！」

錄音帶繼續轉動著，雲三風的聲音又響了起來，他道：「你們一定要去，去……那座廟……金色的廟……我實在不信……可是他們做到了……那座金色的廟……純金的廟……我睜眼睜不開來，光芒太強烈了……金色的光芒……金色的廟……」

雲三風的聲音越來越慢，中間夾雜幾個人叫喚他的聲音。

木蘭花的聲音，在眾人的聲音中顯得很突出，她問：「三哥，他們做到了什麼？你遇到了什麼事？」

可是雲三風這時顯然已經沒有力氣回答了，在錄音機中傳出來的，只是一連串的喘息，和一種極低沉的聲音，不斷在重複著一句話：「金色的廟……金色的廟……金色的廟……」

接著，便是護士的聲音，道：「博士，病人的體溫下降到正常！」

另一個護士則道：「博士，病人的心跳速度，每分鐘五十四次，還在降慢！」

到了這時候，雲三風的聲音忽然又響了起來，變得清楚有力，道：「你們全來了，我實在不相信，但是我一定會死了！」

雲五風的聲音中充滿了悲哀，道：「不會的，三哥，你不會的！」

護士的聲音又響起：「博士，病人的心跳降至三十二……還在繼續降低。」

雲三風的聲音也漸漸變得微弱，他道：「我一定會死，那金色的廟，你們一定要去看，不過要小心，那廟……」

雲三風的聲音到這裡停止，接著，便是護士不斷報告心跳減緩的聲音，然後，靜了下來。

又過了一分多鐘，才是「砰」地一聲響，安妮知道。那是自己進來時關上門發出的聲音。

木蘭花按下了停止掣，抬起頭來，道：「聽到沒有，三哥要我們到金色的廟去，他在廟中，一定遇到了什麼事！」

木蘭花講到這裡，頓了一頓，才又道：「他遇到的事，一定是他的死因！」

雲四風道：「可是他回來的時候，一點異樣也沒有，也沒有向我們提起過什麼金色的廟！」

木蘭花的神色十分堅決，一看到她的那種神情，人人都知道，她心中一定已有了決定。

果然，木蘭花道：「我要到某國去，五風，你將三哥到某國去的資料及他在那裏的行動，詳細收集來給我！」

雲五風神情嚴肅地點了點頭。

各人都望著木蘭花，木蘭花嘆了一聲，道：「我們該安排一下，如何追思三哥了！」

2 佟雅夫人

雲三風的追思儀式，簡單而隆重，雲氏兄弟的親友，雲氏工業系統的職員，都集中在教堂前，唱著沉緩的哀歌，表示悼念。

雲三風的屍體留在林道博士的醫院中，林道博士已開始解剖的工作，但是還沒有什麼發現。

在追思儀式中，雖然大家都很哀傷，但是人人都不免有點奇怪的神情，因為雲三風的身體一直很好，他最近遠行回來，也絕沒有什麼異狀，突然間因病致死，這總是一件極其突然的事。

從教堂中出來，木蘭花和安妮兩人回到了家中，安妮一路想說話，但是她看到木蘭花在沉思，所以她忍住了不開口。

等到了家中，安妮才道：「蘭花姐，如果你要到某國去的話，我也去。」

木蘭花皺了皺眉，道：「安妮，如果你要去的話，秀珍一定也要去了。」

安妮忙道：「那不是很好麼？我們三個人，好久沒有在一起了！」

木蘭花不置可否，向樓上走著，安妮跟在她的後面。

木蘭花進了書房，道：「看看情形怎樣再說吧，我們在動身之前，還要詳細研究一下，三哥在那裡，究竟做過些什麼，到過什麼地方！」

安妮抿著嘴，沒有出聲。

不一會，雲四風、穆秀珍和雪五風都來了，雲五風提著一隻公事包，幾個人一起聚集在書房裏。

雲四風先開口，道：「三哥是因公到某國去的，上個月，在某國北部，發現了一個蘊藏量相當豐富的鎢礦。礦主準備出讓，一個美國探測工程師，帶了他的探測報告來找我們，三哥就是為這件事前去的。」

木蘭花已經打開了公事包來，取出了大疊文件，其中很厚的一疊，就是那份探測報告，木蘭花略略翻了一翻，道：「那地方是一個叢林密佈的山區，很荒涼，有山居的土人居住！」

雲四風點頭道：「是的，請你看最後兩頁，那位美國工程師，還假定在鎢礦的附近，可能有稀有金屬的礦藏，不過要進一步探測，這才是引起我們興趣的真正理由。這一帶，全是私人的產業，屬於一個叫佟雅夫人的有錢寡婦所有，這個寡婦，曾是有勢力人物的親人，身分很神秘，她的要價，是三千萬美金。」

木蘭花點一點頭，道：「這可以說是一筆大買賣了！」

雲四風苦笑了一下，道：「若不是為了交易的數字過鉅，三哥也不會親自出馬，不過事實上，單是鎢礦一項，投資下去之後。不到三年，就可以有利潤了。」

木蘭花皺著眉，道：「如果是這樣的話，那麼，難道買主沒有爭奪的對手？」

雲四風道：「有，一家日本工業株式會社也想插手，但是在考慮到了交通不便，難以招請工人種種困難之後，就放棄了。」

木蘭花沉聲道：「鎢的工業用途十分廣闊，會不會——」

她的話還沒有講完，雲四風已經明白了她的意思，道：「是的，不過鎢的世界產量相當多，還未到引起爭奪的地步，如果說這其中有什麼陰謀的話，應該是在還待探測的稀有金屬上，據那位美國工程師的報告說，在這個山中，可能有著『聚居帶』存在。」

安妮插口道：「什麼叫聚居帶？」

雲四風道：「稀有金屬常常以同一方式成為礦藏，聚在一起，這種情形，在礦物地質學上，稱之為稀有金屬的聚居帶，那位工程師說，可能有鍺、鈦、鈦等稀有金屬存在，最可能的是鍺。」

木蘭花點點頭道：「鍺是良好的半導體，是電子工業最需要的原料。」

他們在討論著，穆秀珍已經有點不耐煩了，她道：「你們研究這些幹什麼？三哥到了那裡之後。曾經到過什麼地方？」

雲四風道：「他先到某國首都，接受佟雅夫人的招待，然後赴北部，進入山區，那位美國工程師一直陪著他，他去勘察了半個月之久才回來。據他說，一切滿意，值得我們投資。」

木蘭花道：「那麼，已經決定了？」

雲四風的聲音有點哽咽，他嘆了一聲道：「如果不是有了這個意外的話，三哥在那天下午，就會再度飛往某國的首都去簽合同的，現在，自然耽擱下來了！」

木蘭花眉心打著結，來回踱了幾步，道：「三哥雖然死了，事情仍然要進行的，是不是？」

雲四風點頭道：「自然是，不過，總要過幾天了。」

木蘭花道：「不必延遲，我就到某國去，讓我做雲氏組織的代表去簽合同，好不好？」

雲四風深深吸了一口氣，道：「蘭花，當然好，不過三哥已經出事了，你去的話——」

木蘭花道：「正因為三哥出了事，所以我一定要去，去詳細地調查一下，尤其是三哥臨死前提到的那個金色的廟，我想其中一定有古怪。」

雲四風又呆了半晌，才道：「好，我可以通知佟雅夫人派你去。」

木蘭花站定了身子，說道：「安妮要和我一起去！」

穆秀珍大聲道：「我呢？」

木蘭花攤了攤手，道：「你最好不要去，但是你一定要去的話，我也沒有辦法！」

穆秀珍道：「我一定要去。」

雲四風望著木蘭花，苦笑道：「她說了要去，誰能阻得了她？就算所有的交通工具都壞了，她游泳也會游去的！」

穆秀珍雙手叉住了腰，向著雲四風道：「你知道就好！」

木蘭花道：「好，就這樣決定了，我會通知高翔替我們辦手續，明天一早，我們在機場見，我還要詳細研究一下這些資料！」

木蘭花指了指那一大疊文件，這是在示意各人可以離去了。

各人都站了起來，雲五風直到這時才道：「其實我這幾天也很有空……」

木蘭花道：「五風，如果我們要人幫助，會和你聯絡的，好麼？」

雲五風沒有再說什麼，大家分別離去，只剩下安妮和木蘭花兩人。

木蘭花埋頭看著資料，安妮揀出了很多照片來，有在首都拍的，也有在山區拍的。更多的是直升機的空中攝影，全是莽莽蒼蒼的山頭，有幾張是山中土人用竹子搭成的屋子。

照片中也有廟，很多，但是卻不能肯定哪一座廟是雲三風臨死之前提到過的那一座「金色的廟」，因為大多數的廟頂，在彩色照片中看來，都是金色燦然的。

木蘭花終於看完了那份探測報告，她道：「安妮，你對於整件事，有什麼假設？」

安妮搖了搖頭，她平時是一個思想縝密的人，可是這件事，她實在一點頭緒也沒有！

她略停了一停，才道：「照林道博士的說法，好像三哥是中了降頭！」

木蘭花搖著頭，道：「別向那方面想，我的想法是，另外有人也想得到這片礦山，所以下了毒手，不過我還有點不明白。」

安妮望著木蘭花，木蘭花道：「第一，為什麽不以高價收買？第二，是用什麼方法，使人會無緣無故突然死亡！」

安妮喃喃地道：「降頭！」

木蘭花皺了皺眉，道：「別胡說了，我對於蠱和降頭也曾研究過。據我的研究結果，那全是極其無稽的事情，不足為信的！」

安妮還想說「那麼三哥怎麼會死的呢？」可是她只是嘴唇動了動，並沒有出聲。

安妮自然知道，自己對所謂「降頭」的知識，絕比不上木蘭花，這個問題，和木蘭花是無法展開爭辯的。

但是，安妮卻覺得，在雲三風突然死亡的這件事上，充滿了神秘的意味，充分表示了人類對於生命科學研究的那一大片空白。

木蘭花又將所有廟的照片集中起來，一張一張看著，她心中在想：

雲三風所說的「金廟」，究竟是哪一座？

雲三風為什麼要人到那「金廟」去看看？

「他們做到了」，又是什麼意思？

為什麼雲三風在半昏迷的時候，知道自己一定會死？

一個又一個的疑問，充滿了木蘭花的腦子。

木蘭花經過許許多多茫無頭緒的奇事，她總能在黑暗中找到一絲線索，而且她具有這個信心。

或許，這次死的是雲三風，所以使她的心中很亂。

一直到凌晨，安妮已經去睡了，高翔也早從警局回來，但是木蘭花卻什麼話也不說，她需要一遍又一遍地思索她所獲得的資料。

在高翔第三次催木蘭花就寢之際，電話突然響了起來。

高翔先拿起了電話，聽了一聽，立時將電話聽筒放在擴音裝置上，然後道：「林道博士，有什麼發現？」

林道博士的聲音自電話中傳來了，道：「我們發現雲三風的神經中樞，像是受過極其強烈的麻醉藥的抑制，那是一種鹼性的麻醉劑。」

高翔和木蘭花互望了一眼，木蘭花忙道：「那是不是他致死的原因？」

林道博士道：「這樣強烈的麻醉，可以使人心跳減弱，呼吸減緩，但不能造成死亡。」

高翔道：「那麼，死亡的原因是什麼？」

林道博士苦笑著，道：「正在找，不過，我不一定保證可以找得到！」

高翔嘆了一聲，道：「謝謝你！一有發現，請隨時和我聯絡！」

高翔放回了電話，呆了片刻，道：「在現代解剖學之下，一個死人竟然找不出死因來，這實在可以說是一件怪之又怪的怪事！」

木蘭花沒說什麼，只是伸了一個懶腰。

整件事，本來就是怪之又怪，生龍活虎一樣的雲三風，自感到不適到死亡，還不到三小時，照林道博士所說，死者的神經中樞曾受過強烈的麻醉，那其實也是不可能的事，因為麻醉劑會立即發生作用，而雲三風在到醫院時還是神智清醒的，絕不可能到了醫院之後再被麻醉，麻醉劑是什麼時候進入他身體的？

帶著一大串疑問。木蘭花、安妮和穆秀珍上了飛機，也帶著一大串疑問，她們到了某國的首都。

木蘭花、穆秀珍和安妮一出了機場大廈，一個穿制服的司機，和一個身形又高又瘦、膚色黝黑的男人，便向著她們走了過來。

那男人以十分有禮的姿勢，向她們微微一鞠躬，道：「三位是雲氏工業組織的代表？我是佟雅夫人的秘書，夫人已準備接見三位。」

木蘭花點了點頭，道：「謝謝你！」

她們三人互望了一眼，在這一剎間，她們的心中，都有著一種十分奇異的感覺，因為她們感到，上次雲三風來到這裏，所經歷的，可能就和她們現在所經歷的一樣！

如果她們的遭遇，和雲三風一樣的話，那麼，結果她們是不是會和雲三風一樣，神秘地死亡呢？

秘書和司機接過了她們手中簡單的行李，向前走去。陽光很猛，使人有睜不開眼來的感覺。

佟雅夫人派來接她們的，是一輛極其舒適豪華的大房車，上了車子之後，車子向前疾駛而去，木蘭花等三人，都保持著沉默。

半小時之後，車子駛進了一條兩旁全是高大樹木的道路，那條路，顯然已不是公眾的道路了，因為，在路口有著警衛，而路上也只有他們這一輛車子。

車子的速度加快，很快地，就看到了一幢白色的巨大房子。

那房子是英國式的古老大廈，在房子前面，是一大片整理得極好的草地，細柔的青草，在陽光下閃耀著翠綠的光芒。

草地四周，是被修得成為球形的灌木，草地中，有好幾個大噴水池，陽光透過二十呎高的水柱，形成一道道迷幻的彩虹。

房子的正門，是四條大石柱，氣派非凡，木蘭花只知道佟雅夫人是一個有錢有勢力的寡婦，但是卻也未曾料到她的財勢，竟到了這一地步！

車子在房子面前的石階前停下，兩個穿著筆挺制服的僕人走過來，打開車門，木蘭花、穆秀珍和安妮一起出了車廂，安妮不禁讚嘆了一聲，道：「好美麗的房子！」

那位秘書先生道：「這是佟雅夫人在市內的別墅之一，三位一定會到北部去，是不是？在那裡，夫人的別墅，更使人驚嘆！」

木蘭花點了點頭，在僕人的帶引下，走上石階，進入了富麗堂皇的大廳。

秘書跟在她們的後面，道：「各位，夫人是個極講究禮節的人，請三位休息一下，夫人會在會客室接見你們。」

穆秀珍脫口道：「我們不需要休息！」

木蘭花瞪了穆秀珍一眼，低聲道：「你還不懂他的意思？他是要我們換上較隆重的衣服，不想我們一下飛機就見面！」

穆秀珍撇了撇嘴，口中咕噥著道：「好大的架子！」

安妮走在她們兩人的前面，已經來到了兩道半圓形的樓梯正中，那一個拱形的空地上，放著一座十二呎高的木雕佛像。

那座佛像上，嵌滿了各式各樣的寶石，從佛像雕刻的線條來看，那無疑的是一件古董，極有藝術價值的古董。

秘書帶著她們上了樓，立時有兩個女僕帶領她們，進入一間極大的房間，那房間的主要裝飾物是象牙，幾乎一切的陳設上都有象牙，而一對足有四呎長的象牙，放在紅木座上，作為裝飾。

木蘭花在女僕退了出去之後，道：「我們換衣服，先休息一下。」

穆秀珍打開了通向陽臺的門，門是鏤空的，由象牙雕成，她在陽臺上站了片刻，轉回身來，道：「這佟雅夫人。我看是世界上最富有的女人了，荷蘭女皇也不見得有這樣豪華的住所！」

安妮大有同感地道：「是啊，在這房間中，我好像處身於充滿了東方神奇色彩的神話之中！」

木蘭花的神情很淡然，她道：「當然，你想想。她可以出賣整座礦山，自然不是普通人！」

穆秀珍道：「她一定是個極難相處的老太婆！」

木蘭花笑了起來，道：「理會這些幹什麼？我們來這裏，第一件事是和她簽合同，第二件事，是來尋找三哥的死因！」

一提到了雲三風的死，她們三人的心頭，都有一股異樣重的壓力，她們都不再開口，換上了最隆重的服裝。

不一會，就有人來叩門，安妮打開了門，那位秘書也換上了禮服，站在門口，道：「佟雅夫人有請！」

木蘭花三人一起走了出去，只見走廊上，樓梯口都侍立著穿了制服的僕人，態度十分恭敬，她們走下了樓梯，踏著青綠色的條紋鋪瑪瑙石的地板，走進了一間小會客室。

雖然被稱為「小會客室」，但是也極其寬敞，這間會客室的陳設，是純本國情調的，她們在籐織的椅子前坐了下來，佟雅夫人還沒有出現。

接著，她們就聽到在會客室外，傳來了一下又一下的呼喚聲，叫的是本地語，木蘭花可以聽得懂，那是僕人在叫：「佟雅夫人到！」

那位秘書立時走到了門口，半彎著腰，為了禮貌，木蘭花、穆秀珍和安妮三人也站了起來！

會客室的門是早打開了的，等到那位秘書也叫出了同樣的話之後，兩個少女，傍著一個麗人，已經出現在會客室前的門口。

木蘭花、穆秀珍和安妮三人都呆住了！

穆秀珍曾經說，佟雅夫人一定是一個「極難相處的老太婆」，木蘭花和安妮對穆秀珍那樣的說法，雖然未必同意，但心中也一直認為這位佟雅夫人，一定是上了年紀的老婦人了！

可是這時，儀態萬千地，在侍女扶持下走進來的，卻是一個極其動人的少婦！

她至多不過二十上下，身形修長，頭髮像是軟緞一樣披在肩上，她的皮膚，柔滑得就像是最好的象牙，她的眼睛，烏黑得像是兩顆寶石，她是一個美麗得難以形容的美婦人！

木蘭花等三人，一看到她的時候，還在疑心她不是佟雅夫人！

佟雅夫人也在向前走來，在她的臉上掛著十分淡雅的微笑，在高貴之中，有著一種親切，但也由於她高貴的神態，是以，這種親切也是有距離的。

佟雅夫人來到近前，才道：「三位請坐！」

她說的是一口極其標準的英語，這證明她受過高深的教育！

穆秀珍呆呆地望著佟雅夫人，她是個心直口快的人，禮儀對穆秀珍來說，是不起作用的，她在坐下之後，由衷地道：「佟雅夫人，你真美麗，我在未見你之前，還以為你是一個老太婆！」

佟雅夫人微笑著坐了下來，道：「謝謝你！」

她在坐下之後，道：「我想，你一定是穆秀珍小姐。」

穆秀珍高興地道：「對了！」

佟雅夫人又向木蘭花望了一眼，她始終帶著微笑，可是在那一剎間，木蘭花突然感到，她的雙眼之中，似乎有著一種難以形容的憂鬱，而她那種高貴的微笑，也像是在掩飾著什麼！

木蘭花的這種感覺，當然是沒有什麼事實支持的，她只不過有這種感覺而已。

木蘭花立時說了幾句客氣話，然後，轉入正題，道：「夫人，我們看過那位美國工程師的勘察報告，覺得很滿意，但是，在正式簽合同前，我們希望由他帶領著，到礦山先視察一下。」

佟雅夫人皺了皺眉，她微微低下了頭，聲音變得很低沉，道：「真不幸，迪遜先生已經死了！」

木蘭花陡地一震，一時之間，不知道該說什麼才好。

而佟雅夫人已經抬起頭來了，說道：「我自然歡迎你們前來，但是請問，為什麼雲三風先生不來？」

木蘭花沉聲道：「雲三風先生已經去世了！」

佟雅夫人在聽了雲三風的死訊之後，她的反應，遠比木蘭花聽到了那個美國工程師迪遜的死訊之後，更來得震驚。

她直挺挺地坐著，在她美麗的雙眼之中，淚花亂轉，她顯然是在竭力抑制著她心頭的哀痛，不使淚水落下來，也正由於如此，是以她的神情，看來更是悲切，更令人覺得心酸。

木蘭花的心頭陡地升起一股疑慮，佟雅夫人和雲三風只不過是一宗交易中的主方和客方的關係，而如今，聽到了雲三風的死訊之後，她這種豐富的感情似乎太過分了！

會客室中維持著沉靜，連最愛說話的穆秀珍，也因為心中的錯愕，而說不出話來。

佟雅夫人慢慢站起身來，轉過身去，對著一幅金絲織成的帷簾，過了好一會，她才道：「真是人生如朝露啊！」

木蘭花道：「夫人，請問那位迪遜先生。是因什麼致死的？」

佟雅夫人又呆了半晌，才道：「他是在叢林中得的病，你們知道，礦山在叢林中，而熱帶叢林之內，是什麼古怪的事都可能發生的。」

木蘭花站了起來，來到了佟雅夫人的身後，道：「我不明白夫人的意思。」

佟雅夫人的聲音已恢復了平淡、高貴，顯然她已經成功地抑制了她內心的感情，她道：「我的意思是，在熱帶叢林之中，有許多致命的傳染病，是現代醫學的研究範圍之外的！」

佟雅夫人轉回身來，木蘭花的心中仍然充滿了疑惑，她還想再問幾個問題，但是佟雅夫人已然吩咐道：「晚餐準備好了沒有？」

那秘書立時鞠躬，道：「隨時聽候吩咐！」

佟雅夫人道：「請接受我的款待，明天一早，我替你們安排行程，你們要經歷大約十四小時的汽車旅程，到達我的別墅，那裡有直升機，可以帶你們去礦山。」

木蘭花吸了一口氣，道：「誰帶我們去？」

佟雅夫人並沒有立時回答，過了好一會，才道：「會有人帶你們去的！」

秘書又鞠躬，請各人離開會客室，木蘭花、安妮和穆秀珍三人互望了一眼，心中都有說不出來的疑惑。

她們在未曾會見佟雅夫人之前，總以為見到了佟雅夫人之後，事情會變得明朗一些的，可是，在會見了佟雅夫人之後，疑團似乎更加深了！

佟雅夫人的態度，美國工程師迪遜的死亡，這都是她們難以想得透的謎團！晚餐自然極其豐富，可是餐桌上的氣氛，卻有說不出的僵硬，殷勤的招待，美酒佳肴，並未能使這種僵硬的氣氛有所改善。

在整個晚餐過程中，木蘭花只有一項收穫，那便是在盡量裝著隨便的閒話之中，她知道迪遜是死在一所著名的醫院之中的。

晚飯之後，佟雅夫人又請她們到另一間房間中，在那裡，佟雅夫人用傳統的樂器，彈奏著古曲，請她們三人欣賞。

她們其實並不十分聽得懂，但是透過音樂所傳出來的那種深切的悲哀，卻是每一個人都可以體會得到的。

最後，在僕人的帶領下，她們仍然回到了主人為她們安排的臥室之中。

穆秀珍一進房間，就拉掉了交際的裝飾，吁了一口氣，道：「你們察覺到了麼？這位佟雅夫人，似乎並不快樂。」

安妮道：「尤其當她聽到了三哥的死訊之後，她簡直想哭！」

穆秀珍皺著眉，道：「蘭花姐，她究竟是一個怎麼樣的人，你不覺得她太神秘了麼？」

木蘭花站在陽臺門口，望著夜色，並不回答。

安妮道：「簡直太神秘了，我們對於她，可以說一無所知！」

穆秀珍提高了聲音，道：「蘭花姐，我們怎麼進行？明天一早就動身到礦山去？」

木蘭花轉過身來，道：「是的，別心急，我們現在一點頭緒也沒有，只能慢慢來，不過，今晚我還有一點事情要做。」

穆秀珍和安妮互望了一眼，她們都明白木蘭花的意思，木蘭花那樣說，就表示今晚上的事，她將單獨去進行，並不要她們參加！

穆秀珍的聲音中略帶不滿，道：「蘭花姐，什麼事？」

木蘭花道：「我要到那家醫院去，查一下那位工程師的死因！」

安妮道：「不告訴主人？」

木蘭花道：「是的，不告訴主人，而且，我不會從正門離去。」

穆秀珍和安妮沒有再出聲，木蘭花也回房換了衣服。

木蘭花是在午夜過後，從陽臺上出去的。

她從陽臺上出去，落到了地上，偌大的花園中，只是幾個噴水池附近，有一點燈光，木蘭花貼著牆，來到了屋子的側邊，然後，穿過了花園。

藉著矮樹的掩遮，天色又十分黑暗，她相信不會有什麼人發現她。

她來到了圍牆邊上，自一個金屬圓筒中，彈出了一股細而韌的合金絲，勾住了圍牆，再按掣，金屬絲縮進圓筒時。使她的身子上升，將她帶著翻出了牆頭。

巨宅是在市郊，木蘭花沿著牆外的草地，來到了公路上，又走了將近一哩，才截到了一輛路過的汽車。

那輛汽車停下了之後，駕車的男子用奇異的眼光望定了木蘭花。

他顯然是本地人，木蘭花用本地話對他道：「我要到市區去，你能夠帶我去嗎？」

那男子連忙說道：「那自然可以，不過，像你那……」

他像是不知該如何說下去才好，一面搖著頭，一面打開了車門。

木蘭花在他的身邊坐了下來，那人駕著車，道：「我開設一家夜總會，在市內最繁榮的地方。」

木蘭花道：「我不是本地人，我是佟雅夫人的客人。」

木蘭花以為，佟雅夫人既然有著那樣的財勢，只要一講出她的名字來，那男人是一定會知道的。可是那男人卻現出一片迷惘的神色來，道：「佟雅夫人？誰是佟雅夫人？」

車子這時，已經駛過了那所巨宅，但是任何人經過那所巨宅，都一定會有所印象的，是以木蘭花又道：「你剛才經過的那所巨宅，就是佟雅夫人的產業。」

那男子的臉上，忽然現出一種十分古怪的神情來，像是有幾分恐懼，他緊閉著嘴，不再說話，只是將車子駛得飛快。

不多久，已經可以看出市區的燈火了，那男子才恭恭敬敬地說道：「小姐，請問你要到什麼地方去？」

木蘭花說出了那所醫院的名字，道：「只要一有街車，我可以自己去！」

那男人忙不迭道：「不，不，我送你去！」

木蘭花注意到，那男人在這樣說的時候，他的額上正在隱隱冒著汗！

木蘭花的心中立時想到，那男人一定已經知道佟雅夫人是什麼人了，所以他感到恐懼，佟雅夫人的名字，竟能使人感到恐懼，那一定是由於她的財勢之故了。

車子在二十分鐘之後，駛到了醫院的大門口，那男人停下了車，木蘭花打開了車門，道：「謝謝你！」

那男人忽然叫道：「等一等！」

木蘭花轉過身來，那男人自車窗中伸出頭來，道：「小姐，希望我並沒有得罪你什麼！」

木蘭花呆了一呆，道：「當然沒有，我十分感謝你載了我一程！」

那男人像是大大地鬆了一口氣，道：「那就好了！」

木蘭花心中的疑惑更甚，她正想問一問，那男人這樣說是什麼意思之際，那男人已縮回頭去，車子跟著，駛離了醫院。

儘管木蘭花是一個推理能力極強的人，可是這樣的情形，卻也叫她感到愕然！

她在醫院的門口站了片刻，直到那輛車子遠去，她還有點不明白那男人為什麼會問了這樣一個奇怪的問題。

她走進醫院，醫院中燈火通明，這家醫院，是亞洲著名的醫院之一。

她來到了詢問處，道：「我為一個死者而來，想和主治醫生見見面。」

詢問處的職員道：「死者是什麼人？」

木蘭花道：「迪遜先生，一個美國人！」

職員「哦」地一聲，道：「他們正在為迪遜先生的死因開會，我替你問一問，看看格連醫生是不是肯接見你！」

那職員按下了對講機的一個掣，叫道：「格連醫生，格連醫生！」

在對講機中，傳出了一個極其粗暴的聲音，道：「別打擾我！」

那職員急急地道：「格連醫生，有一位小姐，為迪遜的死，想見一見你。」

對講機中傳來的聲音更粗暴，喝道：「叫她滾遠些！」

那職員苦笑著，道：「格連先生的脾氣不好，尤其他有難以解決的事情時，更是如此。」

木蘭花道：「不要緊，請你告訴我，他在那裡，我直接去見他！」

那職員道：「在四樓的會議室，不過，只怕他會給你難堪。」

木蘭花搖頭道：「不要緊！」

她離開了詢問處，乘升降機上了四樓，問了一個護士，來到了會議室的門口。

她才到門口，就聽到剛才在對講機中那粗暴的聲音，在大聲吼叫，道：「一定要對屍體進行解剖，我不能忍受在科學的領域之中，居然存在著邪說！」

又有一個人大聲道：「格連醫生，你不知道我們這裏的情形！」

接著，便是「砰」地一聲響，有人重重拍了一下桌子，仍然是格連醫生的聲音，道：「我相信科學，我一定要切切實實找出迪遜的死因來！」

木蘭花聽到這裏，心中陡地一動！

迪遜的死因！

他們正在為迪遜的死因進行辯論，迪遜是怎麼死的，木蘭花絕不知道，可是這樣的情形，卻使木蘭花立時想到雲三風的死！

難道迪遜和雲三風，一樣都是在充滿了神秘氣氛之下突然死亡的？

3 他們做到了

木蘭花一想到這裡，不再理會門口掛著「重要會議，切勿騷擾」的牌子，伸手推開了門。

木蘭花才一進會議室，會議室中的七八個人，一起轉過頭，向木蘭花望了過來，人人都現出奇怪的神色來。

一個神色嚴肅的中年人大聲道：「你是什麼人？」

木蘭花鎮定地道：「對不起。我來得太突然了，是林道博士派我來的！」

木蘭花在這個會議室中，提出了林道博士的名字來，真是再適宜也沒有了，林道博士是著名的熱帶傳染病專家，每一個從事醫務工作的人都知道他的名字。

格連醫生的神態，也不再那麼粗暴了，他「哦」地一聲，道：「林道博士？有什麼事？」

木蘭花道：「林道博士有一個病人，幾天前，從這個國家回去，突然感到了異常的口渴，在送到林道博士的醫院之後，全身出紅斑、高熱，不到三小時，就突然死亡。」

當木蘭花那樣說的時候，每一個人的神情，都是難以形容的。

一個年輕醫生失聲道：「這正是迪遜死前的情形！」

木蘭花又道：「這位先生，在這裡的時候，是和迪遜先生一起來的，林道博士找不出他的死因，只是發現死者生前，神經中樞曾受過強烈的麻醉！」

格連醫生道：「我認為他們是傳染到了一種還未被發現過的叢林熱病！」

一位年紀已很老的醫生站了起來，他的聲音很堅決地道：「這樣的死亡，對作為一個本國北部叢林長大的人來說，並不是新發現的！」

連格醫生又怒吼了起來，道：「閉嘴！」

那老者卻繼續道：「我必須要說，那是一種降頭術，是降頭術令他們致死的！有很多人，得罪了金廟中的神，就會那樣死亡！」

木蘭花陡地一震，道：「金廟？」

那老者向木蘭花望來，點了點頭，他站起身，向會議室外走去。

那老者來到了會議室的門口，道：「對不起，我不想繼續參加討論了！」

格連醫生毫不客氣地道：「你最好別再繼續討論，我們是在研究科學，而你，童醫生，你在宣揚巫術！」

那年老醫生難過地搖了搖頭，打開了門，木蘭花忙跟在他的後面，兩人出了會議室，木蘭花道：「童醫生，你剛才提到過『金廟』？」

那位醫生向木蘭花望了一眼，現出很疲倦的神態來，道：「你還是和格連醫生去研究一下吧，我老了，或者，我落伍了。」

木蘭花壓低了聲音，道：「現在我們已知道雲三風和迪遜是基於同一個神秘原因而死的，你想聽聽林道博士的意見麼？」

童醫生呆了一呆，道：「他怎麼說？」

木蘭花道：「他也不能肯定，但是他找到了一九二〇年，一位傳教士的報導，有人死於同樣的死狀，據稱是中了蠱，也就是降頭！」

木蘭花對於「降頭術」可以致人於死這一點，本來是絕不相信的，她也從來未曾打算在這一方面著手調查雲三風的死因。

可是現在，整件事的神秘氣氛，似乎越來越甚，在一片黑暗之中，木蘭花自然不會放過任何可以追尋事實真相的線索。

所以，當她聽到童醫生口中也提到了那座「金廟」之際。她非問到個明白不可。她將林道博士的話先說出來，那自然是引起童醫生話頭的最好辦法。

童醫生呆了片刻，才道：「請跟我來！」

他轉身走向前，木蘭花跟在他的後面，上了一層樓，來到了一間四壁全是書籍的辦公室中。

童醫生請木蘭花坐了下來，想了一想，才道：「我想我應該先介紹一下自己，我姓童，這是我們國家北部山區土人的一個獨特的姓氏，我在那裏出世，如果不是我從小就是一個孤兒的話，可能到現在，我還是頸間掛著野豬牙，爬在樹上抓蜂蜜，住在竹屋子中的土人。」

木蘭花道：「讓我也來介紹我自己，我叫木蘭花。」

童醫生陡地揚了揚雙眉，木蘭花的事蹟是流傳得如此之廣，童醫生那樣的反應，顯然是他曾經聽過木蘭花名字的緣故。

他連說了幾聲「久仰」，又道：「你認為他們兩位的死，有犯罪的因素在內麼？」

木蘭花的神情十分嚴肅，道：「不論他們的死因是什麼，只要他們不是死於自然的原因，就是謀殺！」

童醫生的神情，變得十分肅穆，他雙手按在桌上，過了好久，才輕輕嘆了一聲，道：「不過，蘭花小姐，我勸你不必去涉險，我知道你有過許多不尋常的經歷，但是，我不以為你曾經和神秘的巫術對抗過！」

木蘭花點頭道：「你說得對，但是我還是想聽一聽你的敘述。」

童醫生又沉默了片刻，才道：「我是一個孤兒，所以有幸被兩位深入山區傳教的傳教士帶了出來，送入教會主辦的孤兒院中接受教育，成為一個醫生，那已是許多年之前的事了！」

童醫生講到這裡，頓了一頓，又接著說道：「我離開山區的那一年，是十一歲，在山區中，十一歲的少年，已經要學會許多獨自生存的方法了，所以，我對童年的事記憶得十分清楚，關於迪遜先生的死……」

他講到這裡，又頓了一頓，木蘭花道：「請說下去，我相信你的話。」

童醫生像是得到了木蘭花的鼓勵，他挺了挺身子，道：「每一個村落，都有一個或兩個降頭師，整個部落有一個總的降頭師，他們有方法，可以致人於死，而且預言死期。降頭的方法，有許多種，外人全不得而知，給我印象最深刻的一次是，兩個降頭師鬥法，各自預言了對方死亡的時間。他們預言的時間是相同的，結果，兩個人都在同時，在上百人的目睹下死亡，在死亡前的一刻，他們還在互相對罵！」

木蘭花皺起了眉，童醫生所敘述的話，聽來實在是不可信的，然而，從童醫生的神情、語氣來看，卻又無論如何找不出絲毫痕跡，可以證明他在說謊。

木蘭花又問道：「那麼，在什麼樣的情形下，降頭師會殺人呢？」

童醫生道：「降頭師很少殺人，除非他認為有人危害村子，或是部落的安全，那多數是外地來的人，更多的是痴情的土著女子，受了外來的欺騙，要求降頭師替她們報復。自然也有品格不好的降頭師，受了收買而替人殺人的，他們的降頭術極少失靈。」

木蘭花吸了一口氣，道：「迪遜先生曾在山區進行礦藏的勘察，你認為他可能被認為是危害土人部落的安全，是以致死？」

童醫生十分嚴肅地站頭，道：「土人部落之所以直至今日，還能過著與世隔絕，不受侵擾的日子，降頭術可以說是他們最佳的防衛武器。迪遜是自找麻煩，在他被送到醫院之後，他曾告訴我，他和一個姓雲的中國人，我想就是你提到的那位先生，因為不相信巫師，而做了一件十分愚蠢的事！」

木蘭花只覺得心向下沉，迪遜是美國人，雲三風也是受過高深科學薰陶的人，他們不相信有所謂巫術存在，那是自然的事！但是，他們兩個人，究竟做了一件什麼蠢事呢？

木蘭花望著童醫生，童醫生嘆了一聲，道：「他們找到了金廟……那是總降頭師作法的所在，極其隱秘，尋常的土人也不容易找得到，他們不知用什麼方法找到的。然而，他們向總降頭師宣稱，降頭術對他們無可奈何，又不知毀壞了廟中一些什麼東西，再告訴總降頭師，這裡一帶將會被開發，文明會進入山區云云，然後他們倆才離去。」

木蘭花又深深地吸了一口氣，道：「這……全是迪遜死前說的？」

童醫生生道：「是的，他斷斷續續說的，當時只有我一個人在他的身邊，他最後說，他們做到了，因為他自知死神已來到了他的身邊！」

木蘭花的身子，陡地一震。

「他們做到了」，這句話，對木蘭花來說，可以說一點也不陌生，雲三風臨死之際，也曾經不斷地重複說過這一句話！

不過雲三風並沒有說出，他曾和迪遜兩人，去做過這件「愚蠢的事」。

木蘭花呆了半晌，才道：「童醫生，請問你對於那座金廟和總降頭師，知道多少？」

童醫生搖著頭，道：「我也不知道那金廟的所在地，老實說，就算我知道，我也不會告訴你，再不客氣地說一句，蘭花小姐，你來追尋他們兩人的死因，也是一件很愚蠢的事！」

童醫生的話雖然很不客氣，但是木蘭花卻並不惱怒，她想了一想，又問道：「那麼，你對於總降頭師，又知道多少？」

童醫生搖著頭，道：「太少了，只知道是世襲的，一代一代傳下去，總降頭師是一個充滿了神秘色彩的人物，除非是降頭師，否則，根本沒有人可以見得到他。」

木蘭花站了起來，雖然童醫生的話，和她原來的設想，是完全相反的，但是那總算使她有了對「降頭術」的進一步了解。

她站了起來之後，道：「謝謝你告訴了我這許多！」

童醫生望著她，道：「雖然你在感謝我，但是事實上，你並不相信我的話，對不？」

木蘭花皺著眉，道：「很難說，就算我要相信的話，我也要取得進一步的證明。」

童醫生嘆了一聲，攤開了雙手，他顯然是想說什麼，而且看他的神情，也分明是想勸木蘭花還是確實相信他的話好。

然而，他卻沒有說出任何話來。

對於木蘭花那樣聰敏的人而言，童醫生那樣無言的勸阻，實在比說上許多話有更力。

木蘭花由衷地道：「謝謝你，真的，無論如何，我十分感謝你！」

木蘭花離開了童醫生的辦公室後，便離開了醫院。

當她在醫院門口，上了一輛計程車的時候，她不禁苦笑了起來。

她看來已經進了一個越來越神秘的謎團之中，她所得的資料，逼得她要面對神秘而不可思議的巫術的挑戰——儘管她是根本否認有巫術的存在的。

計程車駛出了市區之後，在漆黑的公路上，以高速行駛著，司機頻頻轉過頭來望著木蘭花，像是在奇怪，何以一個美麗的女郎，會在半夜三更到郊區來。

木蘭花並沒有注意那司機的動作，她腦中亂成了一團，實在理不出頭緒來。

如果全部相信了童醫生的話，那麼，事情便簡單得多了，迪遜和雲三風是死於「降頭術」，但如果照童醫生所說的，那麼，山區的土人為了保護他們的生活不被侵擾，任何去接洽購置開發礦山的人都可能有危險！

問題就在於，木蘭花不能相信童醫生的話，就算有危險，她也要實地去看一看，而且，必須找到那神秘的金廟！

不過，木蘭花也作出了決定，她只是一個人去，而叫穆秀珍和安妮留下來。她進入山區，等於是進入一個完全神秘而不可測的離奇世界，她根本不知道在那樣的情形下，應該如何保護自己，如果她們三人一起去，那只是不必要的涉險。

就在木蘭花作出了這樣的決定，她在車座上挺了挺身子。也就在這時候，只見黑暗的公路上，突然亮起了一股極其強烈的光芒，直射向計程車。

那司機顯然被這股突然射來的強光嚇了一大跳，他陡地踏了剎車掣，車子跳了一跳，停了下來，以手遮住了眼睛。

木蘭花也是陡地一怔，這股光芒實在來得太突然、太強烈了，以致木蘭花在剎那之間，什麼也看不到，她只聽到一陣急促的腳步聲，顯然是有人奔近了車子，木蘭花立時按下了車門掣。

但是她卻並不立時將門打開，一直到奔向前來的腳步聲，到了車邊，她才用力將門向外推去。

「砰」地一聲響，車門撞在一個人的身上。

木蘭花直到這時為止，仍然看不到車外的是什麼人，但是她卻可以肯定，那個人一被車門撞中，在幾分鐘之內，一定起不了身。

車門已經打開，木蘭花向外滾去，在路上滾著，迅即滾到了路邊，滾進了路邊的草叢之中。

這時，她聽到了好幾下呼喝聲，和那計程車司機的呼喝聲，當她滾進草叢，再抬起頭來時，那股強光已經熄滅了。

剛才，她是由於強光的直接照射，所以什麼也看不到，而這時，公路上又是一團漆黑，她也是什麼都看不到，眼前只是出現一團一團的紅影。

木蘭花伏著不動，在那一剎間，她心中的疑團，真是多到了極點。

毫無疑問，她是受到了襲擊，然而，襲擊她的是什麼人呢？可以說，根本沒有人知道她的行蹤，她之遭到襲擊，實在是不可能的事！

木蘭花閉上了眼睛一會兒，公路上似乎還有點腳步聲，然後，她睜開眼來。

她的眼睛已經可以適應黑暗了，她看到那輛計程車還停在路中心，有兩個人，一個扶著另一個，迅速奔向另一輛車子，那兩個人離木蘭花約三十碼。

木蘭花的小型麻醉槍，是一直帶在身邊的，可是那兩個人卻在麻醉針的射程之外。

木蘭花正想要自草叢中撲出來，阻止那兩人的離去，但是，那兩人已來到了車邊，一個將另一個推進了車子，他自己也上了車子，車子立時疾駛而去。

那輛車子在駛去的時候，甚至沒有著燈，是以木蘭花也根本看不清車子內那兩個是什麼人，她只知道，其中的一個，被她的車門撞了一下，可能已受了傷而已。

等那輛車子離去之後，木蘭花又注意到，計程車的司機，伏在駕駛盤上，木蘭花的身子自草叢中彈了起來，奔向計程車。

當她來到計程車旁的時候，她陡地呆住了，那司機伏在駕駛盤上，一動也不動，木蘭花伸手推了他一下，他的身子則倒了下去。

那司機死了！

那司機的臉，呈現一種極其可怕的青紫色，在臨死之前，他面部的肌肉，一定經過強烈抽搐，是以他的神情極其可怖。

木蘭花緊緊地握定了拳，那兩個人襲擊的目標如果是她，那麼這位計程車司機，死得實在太冤枉了！

木蘭花一時之間，看不出計程車司機是由於什麼致死的。

她打開車門，公路上十分寂靜，根本沒有別的車輛，木蘭花亮了車內的小燈，她又看到那計程車司機頸際的大動脈，極可怕地突了起來，像是在他的皮膚下，隱伏著一條青紫色的小蛇。

那司機的身上，並沒有傷痕，看來他是中了什麼劇毒而死的。

然而，那是什麼毒藥，能夠在如此短的時間內，使人死得如此之可怕？

木蘭花將司機的屍體向旁推了推，她坐上了駕駛位，駕著車向前駛去。

深夜，旁邊又有著一個突然死亡，死得如此可怖的屍體，木蘭花深知自己的性命，也在極度的危險之中。

而她究竟是處在一個什麼樣的境地，她一無所知，雖然木蘭花膽大又鎮定，但是在那樣的情形下，她也不禁感到了一股寒意。

車子又向前駛出了三四哩，木蘭花看到了一個加油站，加油站中早已沒有人了，但是加油站旁，有一座電話亭，木蘭花在電話亭停下了車，叫接線生接到警局去。

在電話中，木蘭花只是簡單地報告警方，有一個司機死在車中，就掛上了電話。

因為木蘭花感到，一切都是那麼神秘，就算和警方當局聯絡合作，只怕也解決不了問題，她還是避免和警方接觸的好。

從電話亭中出來，她又抹去車中的一切指紋，然後開始步行。

她估計自己這時所在的地方，離佟雅夫人的巨宅已不會太遠了，她步行了一小時，就在黑暗中，看到了那座巨宅的影子。

木蘭花繞到了屋後，攀過了圍牆，花園中很靜，噴水池也停止了。

木蘭花攀上陽臺，進入了房間。

她才一推開陽臺的門，房中雖是一片黑暗，但她立即聽到穆秀珍和安妮的聲音道：「蘭花姐，你回來了？」

木蘭花道：「是的，別著燈！」

穆秀珍道：「結果怎樣？」

結果怎樣？木蘭花不禁苦笑了起來，她離開雖然不過幾小時，但是那幾小時的經歷，卻又豈是三言兩語可以講得完的？

穆秀珍著急道：「究竟怎麼啦？」

木蘭花坐了下來，安妮和穆秀珍一起來到了她的身邊，木蘭花想了一想，才道：「迪遜的死因，和三哥一樣，查不出來。」

穆秀珍和安妮兩人，一起吸了一口氣。

穆秀珍立時又說道：「醫院方面，可有什麼話說？」

木蘭花道：「在醫院中，我遇到了一位童醫生，他是山區長大的，他向我說了許多有關『降頭術』的話，那些話——」

木蘭花略頓了一頓，雖然在黑暗之中，她也可以看到穆秀珍和安妮兩人的眼睛睜得老大。

木蘭花將童醫生的話轉述了一遍，穆秀珍立時大聲道：「那是不可能的！」安妮的想像力極豐富，她持相反的意見，道：「我說不是全沒有可能的！」

木蘭花忙擺了擺手，道：「我們先別討論這個問題，我在歸途又遭到了意外！」

穆秀珍笑了起來，道：「誰敢向你襲擊，可以說不識趣之極了！」

木蘭花沉聲道：「別那麼說，我差一點死掉，而且，那位司機死了！」

木蘭花又將在公路上發生的事，說了一遍。

穆秀珍本來以為事情很輕鬆的，這時，也不免緊張了起來。

安妮不由自主壓低了聲音，道：「蘭花姐，我們怎麼辦？」

木蘭花苦笑了一下，道：「我們從來也沒有遇到過這樣的事情，現在我可以說一點頭緒也沒有，我們只能走一步瞧一步。」

安妮低聲道：「降頭術是防不勝防的！」

穆秀珍「呸」地一聲，道：「安妮小鬼，不許你胡說，你要是害怕，可以回去。」

安妮低下了頭不出聲。

木蘭花道：「我已經想好了，你們兩人不必到山區去。」

這一次，穆秀珍和安妮兩人的意見倒取得了一致，她們異口同聲道：「不行，蘭花姐，說什麼也不行！」

木蘭花還想解釋一下情勢，但是，穆秀珍和安妮已將頭搖得像波浪鼓一樣。

穆秀珍道：「蘭花姐，別說了，我們是絕不會答應的，不信，我們舉手表決！」

木蘭花有點惱怒，道：「表決什麼？我不是姐姐麼？」

安妮立時道：「我們可也不是孩子了！」

木蘭花笑了起來，道：「安妮，你說得對，或許，我應該退休了！」

安妮忙伸手按住了木蘭花，道：「蘭花姐，我們絕不會那麼想，只不過三個人一起來了，哪有留我們在這裡的道理？」

木蘭花拍著安妮的肩頭，道：「還說自己不是孩子，一下子就撒起嬌來了！」

安妮也忍不住笑了起來。

木蘭花道：「好了，明天還要應付長途旅行，睡吧！」

等到她們三個人睡下去時，已經是凌晨五點了。

她們只睡了三小時，就被敲門聲驚醒，接著，便是僕人的聲音在門外響起，道：「三位，夫人請你們在九點鐘用早餐，十點出發。」

木蘭花說道：「好的，請你拿一份報紙給我們。」

僕人應著離去，木蘭花、穆秀珍、安妮一起起床，換衣服。報紙自門縫中塞了進來，安妮搶過去，將報紙拾了起來。

她打開了報紙，立時叫著說道：「有這段新聞了！」

穆秀珍正在刷牙，她含糊不清地叫道：「唸來聽聽！」

安妮高聲唸道：「神秘女聲電話，通知發現屍體。」

她唸到這裡，陡地停了一停。

木蘭花轉過頭來，道：「怎麼了？」

安妮回頭向木蘭花望了一眼，才繼續唸道：「計程車司機死得離奇，降頭致死令人驚悸。」

木蘭花「哦」地一聲，走了過去，自安妮的手中接過報紙，穆秀珍牙刷到一半，也不再刷了，三個人一起圍住了報紙。

報紙上的記載很詳細，敘述著警方接到一個女子聲音的神秘電話，按址前往，發現了一具屍體，死者的死因不明云云。

在新聞之後，是一項有關「降頭」的資料，資料中指出，以前，有過兩次同樣的神秘死亡，兩個死者，一個是由北部山區來到首都的礦務工程師，另一個，是一個外國財團的代表。

只不過上兩次死亡，並沒有人通知警方，在那兩次死亡之後，市上曾盛傳「降頭術」令人致死，警方曾經闢謠，據北部山區的人說，現在的總降頭師，是一位極其神秘的女性，是以這次，神秘的女聲電話，更足以引起這種謠言。

三個人急速地讀完了這一段新聞，穆秀珍指著前兩次那兩個死者的身分，道：「蘭花姐，你看，有一個死者，是礦務工程師，他的身分，和迪遜一樣！」

木蘭花的神色十分嚴肅，道：「還有一個死者是海外財團的代表，如果我昨天晚上死了，我的身分也正和這個人吻合！」

安妮抬起頭來，道：「這說明了什麼？」

穆秀珍伸手在桌上用力一拍，道：「那還不明白麼？這說明有人阻止礦山的出售和開發，凡是和北部山區礦山開發有關的人，都會橫死！」

穆秀珍一面說著，一面神情十分得意地望定了木蘭花。她的分析是無懈可擊的，是以她認為木蘭花一定會稱讚她幾句。

可是，木蘭花卻只是眉心打著結，一句話也不說。

木蘭花不出聲。穆秀珍多少有點不服氣，道：「蘭花姐，難道我分析得不對？」

木蘭花道：「不，你的分析十分有理，我只是在想一件事。」

安妮道：「想什麼？」

木蘭花緩緩地道：「那計程車司機的死狀，的確十分恐怖，但是如果這就是所謂的降頭術令人致死的話，那反倒不可怕了。」

安妮和穆秀珍一時之間難以明白木蘭花那樣說是什麼意思，是以她們都用奇怪的眼光望定了木蘭花。

木蘭花道：「我雖然不知道那位司機詳細的致死原因，但是據我初步的觀察，卻可以證明他是中毒而死的，是一種毒性極毒的毒藥！」

穆秀珍道：「中毒死的？」

木蘭花點了點頭，道：「是，如果說『降頭』就是用毒藥來下毒……」

她說到這裏，沉吟了一下，沒有再說下去。

安妮忙道：「可是三哥的情形就不一樣！」

木蘭花並沒有再說什麼，只是來回踱著步，直到僕人又來敲門催促。

穆秀珍十分心急，她道：「蘭花姐，你究竟想到了一些什麼？」

木蘭花搖頭道：「不能確定地說，但是自現在起，我們必須非常小心，不論在吃什麼，或是觸摸什麼東西，都應該小心，尤其是有尖刺，能刺破皮膚的東西！」

安妮失聲道：「蘭花姐，你那樣說法，豈不是承認有降頭術的存在了！」

木蘭花喃喃地道：「希望我可以進一步剝除降頭術神秘的外衣，而予以科學的解釋！」

安妮和穆秀珍互望著，她們都不知道木蘭花在想些什麼，僕人既然來催促過了，她們也就不便多耽擱，走下了樓。

4 推理過程

在餐桌旁，佟雅夫人已經坐著了。

佟雅夫人穿著便裝，但看來一樣華貴照人，她和木蘭花等三人招呼著，問：「昨天睡得還好麼？」

木蘭花禮貌地回答著，佟雅夫人又說道：「早餐之後，我們稍微休息一下就出發，我和你們一起去！」

佟雅夫人親自到礦區去，這倒有點出乎木蘭花的意料之外。

但是，木蘭花只是揚了揚眉，並沒有表示什麼，她喝了一口咖啡，才裝成不經意地問道：「佟雅夫人，在我們之前，你有和什麼人接觸過出售礦山的事嗎？」

佟雅夫人略呆了一呆，忽然笑了起來，道：「你一定看到今天的報紙新聞了，是不是？」

木蘭花也不禁一怔，佟雅夫人的反應，在這樣的情形下，她不得不裝一下傻，她反問道：「報紙新聞，什麼新聞？」

佟雅夫人低頭攪著咖啡，半晌之後，才道：「忘了它吧！」

木蘭花卻不肯就此罷手，她道：「你還沒有回答我剛才的問題，夫人！」

木蘭花的追問，好像令佟雅夫人感到相當尷尬，她低著頭，並不立時回答，而木蘭花、安妮和穆秀珍三人，卻一起望定了她。

過了足有半分鐘，佟雅夫人才輕嘆了一聲，道：「是的，以前有人來接洽過！」

木蘭花立時又問道：「為什麼沒成功？」

佟雅夫人皺著眉，木蘭花的問題，一個接一個而來，全是如此逼人，令得她非答不可，她的聲音變得很低，道：「結果是，來接頭的那位代表突然死亡，事情就擱了下來！」

木蘭花吸了一口氣，事情再明白也沒有了，雲三風和迪遜的死，這樣的事情，並不是第一次發生，另一個礦務探測工程師和財團的代表，也曾離奇死亡，只不過死亡的方式不同而已。

木蘭花再進一步問道：「那位代表的死因是什麼？」

佟雅夫人像被針刺了一下一樣，陡地震了一震，但是她立時恢復了那高貴的神態，道：「我不知道。」

木蘭花的問題，簡直已經很不客氣了，她疾聲道：「你是知道的！」

在佟雅夫人美麗的臉上，閃過一絲怒意，她也立即道：「民間的傳說，他們中了降頭術。」

木蘭花像是並不怕佟雅夫人發怒，她再進一步道：「那麼，你信不信？」

佟雅夫人在木蘭花詞鋒如此凌銳的進逼下，態度居然那樣從容不迫，她徐徐地道：「作為一個本國北部地區的人，我相信；但作為一個曾經受過教育的人，我不相信。」

木蘭花揚了揚眉，道：「哦，原來夫人是北部山區出生的？」

佟雅夫人點了點頭，道：「是的，是以我才有機會擁有那座礦山。」

木蘭花沒有再說什麼，只是默默地用著早餐，但是從她的神態上，可以看得出，她正在沉思。

不過，就算是和木蘭花相處得如此之久的安妮和穆秀珍兩人，也不知道這時木蘭花在想些什麼。

早餐桌上的氣氛是沉悶的，而且，很令人覺得尷尬和拘束。

最後，當每一個人都吃完了之後，僕人遞上了香味清淡而又沁人肺腑的毛巾。

各人都用毛巾抹著口的時候，佟雅夫人才再開口，道：「蘭花小姐，如果你對購買礦山這件事有什麼顧忌的話，那我們可以就此作罷！」

木蘭花笑了起來，她笑得十分爽朗，道：「夫人，你是在說，如果我害怕突然死亡的話，可以及時退出，是不是？」

佟雅夫人的神情，看來很有點惱怒，但是她還是讚許地笑了，道：「蘭花小姐，你真聰明，難怪你的名字，人人都知。」

木蘭花的笑容斂去，道：「佟雅夫人，請恕我再問一句，從以前的情形來看，好像有人在阻止你出售礦山，用的手段還十分狠毒，是不是？」

佟雅夫人陡地站了起來，她身形修長，這時，神情莊嚴、美麗，看來有一股令人肅然起敬之感，她堅決地道：「我一定要出售，它屬於我的，我可以處置它，我一定要使這些礦山得到開發！北部山區因此可以得到文明，沒有什麼人可以阻止這件事的進行！」

她說到後來，神情顯得十分激動。

木蘭花沉聲道：「以你的社會地位而言，這件事，其實可以交給你們自己的國家來辦！」

木蘭花那樣問，是在試探，反對的力量是不是來自這個國家的政治勢力。

佟雅夫人搖了搖頭，在她美麗的眼睛中，現出了一股無可奈何的悲哀神色來，她道：「我們的國家，太窮、太落後了，沒有資金、沒有先進的技術，沒有力量來開發這個大礦區……」

她說到這裡，頓了一頓，才又道：「你有沒有看過合同的草案？合同的草案中，說得很明白，我將提供四百公里左右，貫通北部山區的公路網，這四百公里公路網的建築費用。全是從我私人財產中撥出來的！」

木蘭花點頭道：「我自然記得這一條，夫人，世界上有你這樣財力的人，至少有十個以上。但像你這樣，一心想將文明帶進黑暗落後地區的人，卻不十分多了！」

佟雅夫人望著木蘭花，現出很感激的神情來，她的嘴唇掀動了一會，才道：「多謝你，真的多謝你，因為你了解我的心意。」

木蘭花微笑了一下，剛才，她們之間的氣氛還是如此的隔閡和生疏，可是，在這一番談話之後，她們之間的關係陡地拉近了，變得十分融洽。

佟雅夫人又道：「我甚至可以說，是需要你們的幫助，三位，礦山得到開發，北部山區就會出現新的工業城市，落後的面貌就會改變，我們本國的很多政治家，都同意我的做法！」

木蘭花皺著眉，像是在自言自語，她道：「那麼，誰在反對這件事的進行呢？」

佟雅夫人張了張口，看她的神情，像是想說什麼，但是她卻終於沒有發出什麼聲音來。

她的那種神態，安妮和穆秀珍兩人都看到了，她們互望了一眼，心中充滿了疑惑。

佟雅夫人改變了話題，道：「我準備了一輛大車子，請三位收拾一下，我們可以啟程了！」

木蘭花、穆秀珍和安妮站了起來，一齊回到了她們的房間之中。

一進房間，安妮便道：「蘭花姐，佟雅夫人像是知道什麼人在反對她進行這件事情似的！」

木蘭花點了點頭，表示同意。

穆秀珍忍不住大聲道：「豈有此理，她知道，為什麼不說？」

木蘭花微笑道：「她是害怕如果說了出來，我們就不敢去了！」

穆秀珍道：「為什麼？」

木蘭花道：「因為反對的一方，會用降頭術來置人於死地！」

穆秀珍更是憤然，道：「那更不應該了，她要是不說，我們豈不是更危險？」

木蘭花沉吟了一下，說道：「那很難說，我在想，她為什麼要和我們一起去，是不是可以保護我們？」

穆秀珍瞪大了眼，道：「她？保護我們？」

木蘭花卻不像是在開玩笑，道：「是啊，佟雅夫人也是北部山區的人，或許她對降頭術有一定程度的認識，那麼，就可以保護我們了！」

穆秀珍撇了撇嘴，顯然她對佟雅夫人明知是什麼在作對，但是卻不告訴她們這一點，感到極其不滿。

二十分鐘之後，她們三人提著簡單的行李箱下了樓。當她們走出屋子，來到草地上的時候，佟雅夫人已經等在車邊了。

也直到這時候，木蘭花才知道佟雅夫人所謂的「一輛大車子」，指的是一輛極其豪華的六門大房車。和佟雅夫人一起站在車前的，是一個女僕，和那位秘書。

一看到木蘭花等三人走了出來，秘書忙將車門打開，六門大房車有三排座位，佟雅夫人邀請木蘭花和她坐在最後一排，穆秀珍和安妮坐在第二排，司機、女僕和秘書坐最前面。

天色十分好，碧空萬里，陽光耀目，在走出屋子之際，炙熱逼人而來，但是一進了車子，卻又清涼得如在初秋。

車子的座位十分寬敞舒適，簡直就如同坐在家中的大沙發椅上一樣，這可以說是最舒適的旅行了。

大家全上了車，佟雅夫人便說道：「可以開車了！」

木蘭花在車子緩緩駛出去之際，看了看手錶，那是上午十時。她記得佟雅夫人曾經說過，從首都到北部山區她的別墅，要十四小時的行程，那也就是說，在午夜左右，就可以到達了！

木蘭花閉上了眼睛，準備養神，穆秀珍和安妮則在低聲交談著，她們在談論著沿途的風景。

車子雖然以每小時八十哩的高速在行駛，但是卻極其平穩，木蘭花已經幾乎要睡著了。

可是佟雅夫人卻在這時開了口，她道：「蘭花小姐，那計程車司機死在公路上，你不覺得很奇特麼？」

木蘭花心中愣了一愣，她睜開眼來，道：「的確是，尤其是他的那種神秘的死法！」

佟雅夫人笑了一下，但是，可以看得出，她的笑容十分勉強，好像是正在想，應該如何開口才好，終於，她說道：「蘭花小姐，你昨天晚上出去過？」

木蘭花望著佟雅夫人，心中感到說不出的奇怪。她在未曾見到佟雅夫人之前，甚至估計她是一個脾氣孤僻的老太婆，而實際上，她卻是一個三十左右，明艷照人的少婦！

而她雖然擁有驚人的財產，實際上，她又絕不是那種只有財產，沒有頭腦的人！

而這時，她問出了這樣一個問題來，那使得推理思緒極其縝密的木蘭花，也不能不為之驚嘆！

因為，要得到木蘭花昨天晚上曾經出去的這個結論，絕不是簡單的事，它需要經過好幾個推理過程，如果用條列式說明來解釋整個推理過程的話，應該是這樣：

財團代表人曾被謀殺（推理過程A）
木蘭花是財團代表人（推理過程B）
　木蘭花可能被謀殺（結論A）
財團代表人死因神秘（推理過程C）
　凶手是同一人（結論B）
計程車司機死因神秘（推理過程D）
　（結論A）
　（結論B）
　凶手要殺木蘭花（結論C）
木蘭花由外地來，計程車是她的交通工具（推理過程E）
　司機被謀殺，木蘭花幸而逃脫（結論D）
——所以，木蘭花曾經外出。（總結論）
這一切經過，是一個十分複雜的過程，但是佟雅夫人竟然將總結論當作問題提了出來。

是以，在那一剎間，不單是木蘭花感到驚訝，連穆秀珍和安妮，也立時停止了談話，轉過頭，向佟雅夫人望了過去。

木蘭花雖然怔了一怔，但是她立時恢復了平靜，她直截地道：「不錯，我是到醫院去，查了一下迪遜先生死亡的原因的。」

佟雅夫人並沒有再說什麼，只是皺起了眉。

木蘭花又道：「我調查的結果，迪遜的死因和雲三風先生一樣！」

佟雅夫人閉上了眼睛一會，仍然不出聲。

木蘭花繼續道：「而在歸途中，我險些成為被殺的第三個財團代表人！」

佟雅夫人舒了一口氣，道：「所以，蘭花小姐，你最好不要一個人亂走，尤其是到了北部山區之後，那裡是世界上最神秘的地區之一。」

木蘭花點頭道：「我知道，那裡的人，十分善於使用現代醫藥還無法分得出它們成分的毒藥，這就是所謂的降頭術。」

木蘭花突然之間，說出了這一句話來，令得佟雅夫人的臉色陡地變得蒼白，那位坐在最前面的秘書，也霍地轉過頭來。

穆秀珍和安妮兩人，則張大了口，一時之間，不知說什麼才好。

只有木蘭花仍然若無其事，繼續說道：「他們使用毒藥的手段之精明，已到了出神入化的地步，一種慢性毒藥，使人在中毒之後，可以延長生命好幾天，甚至於好幾個月才毒發身死，下毒的人，甚至可以根據下毒的分量，準確地說出中毒者的死期來，這也就是所謂降頭術最令人迷惑及神秘之處！」

當木蘭花繼續向下說之際，佟雅夫人的神色變得更蒼白，而坐在最前面的秘書，突然插言道：「小姐，你將事情看得太簡單了！」

佟雅夫人立時沉聲叱道：「無禮！誰叫你多嘴的！」

那秘書立時正襟危坐，道：「是，夫人！」

木蘭花立時道：「夫人，如果你允許的話，我倒想聽聽秘書先生的意見！」

佟雅夫人掩飾地道：「不，不必談這些不愉快的事！」

安妮和穆秀珍對於木蘭花對「降頭術」的態度的改變，本來是覺得十分驚訝的，因為木蘭花絕不是因為一兩宗神秘事件。就放棄了科學觀點的人！

直到剛才，她們聽了木蘭花的那番解釋之後，她們才為之恍然，知道木蘭花對於所謂「降頭術」，已經有了科學的見解！

這時，安妮道：「佟雅夫人，已經有好幾個人死在這種手法之下，而我們三人也可能是被殺害的對象，在這樣的情形下，我們要求多了解一下降頭術的情形，是十分應該的。」

佟雅夫人輕輕嘆了一聲，開口說道：「好，你說吧！」

她自然是叫那位秘書說下去，那位秘書並不轉過身來，他的聲音聽來很平板，道：「小姐，降頭術是世界現存的巫術之中，最高深的一種，它置人於死的方法極多，例如有一種，叫作飛頭降頭術！」

佟雅夫人又低嘆了一聲，道：「我實在不應該聽那些可怕的事情！」

木蘭花立時道：「什麼叫飛頭降頭術？」

秘書的聲音，仍然那麼平板，緩緩說道：「那是極其恐怖的事，施術者能令得一個死了的、被埋葬了的人頭飛出來，飛到活人的眼前，使得被施術者死亡，大多數的情形，飛行的頭顱，是被施術者的仇人！」

木蘭花並沒有反應，穆秀珍「哼」地一聲笑，道：「你見過人頭飛麼？」

秘書書連考慮也沒有考慮，就道：「見過！不止一次！」

他講了那句話之後，頓了一頓，又道：「見過的不止我一個人，而且我的誠實程度，夫人可以證實，小姐，你又有什麼解釋！」

佟雅夫人又道：「不要對客人無禮！」

木蘭花忙道：「不算無禮，如果真有這種情形，那麼，請原諒，我暫時無法解釋！」

秘書十分有禮地答應了一聲。

車廂之中又靜了下來，木蘭花的眉心打著結，佟雅夫人勉強笑著，道：「未開化地區的事，真是不可思議的，所以我才要盡我的力量，將文明帶進去！」

木蘭花的聲音很低，她簡直像是在自言自語，但是她卻是在對佟雅夫人說的，她道：「你會成功的，一定會成功的！」

佟雅夫人望著木蘭花，現出感激的神色來。

午夜時分，車子駛抵了佟雅夫人的別墅。

那秘書的話一點也沒有說錯，佟雅夫人北部山區的別墅，比她在首都的巨宅，不知宏偉了多少倍，說那是「別墅」實在用詞不當，那是一座極富民族風格的宮殿！

車子在離宮殿還有半哩左右時，整座宮殿突然大放光明，那簡直是奇觀，使人像是置身於天方夜譚之中一樣。

車子漸漸駛近，駛上了一條整條路是白玉鋪成的道路，經過了兩旁數十個鑲滿了寶石的大石象，來到了一個大拱門之前。

大拱門前，至少有一百名以上的男女僕人和侍衛，已經在垂手恭立，車子直駛了進去，一直可以聽到悠揚的音樂傳了出來。

車子停在大殿的正門之前，整扇門上，和門旁的牆上，鑲滿了各樣的寶石。

車子一停下，秘書和女僕先自下車，佟雅夫人說道：「我們到了！」

安妮和穆秀珍齊聲讚嘆著，說道：「這裡太美麗了！」

木蘭花和佟雅夫人一起下車。

就在她們剛跨出車門之際，木蘭花在佟雅夫人的耳際又快又低聲地道：「你自稱佟雅夫人還不要緊，但是自稱是一個寡婦，這不是太過分了麼？」

佟雅夫人陡地一震，但是她立時微笑了起來，握住了木蘭花的手，也低聲道：「如果你不疲倦，我們可以詳細談談！」

木蘭花也笑了起來。

安妮和穆秀珍都看到木蘭花和佟雅夫人在笑著，但是也都不知道她們在笑些什麼。

進了宮殿之後，僕人和侍衛更多，禮節恭敬，有一個像是總管的人，領著木蘭花等三人，到了一間極其華麗的房間之中。

安妮和穆秀珍立時推開了窗子，向外望去，那一夜的月色十分好，從窗子望出去，可以看到不遠的山影，即使在宮殿之中。也可以看到宮殿的雄偉，她們兩人讚嘆不已。

安妮轉過身來，道：「蘭花姐，這位佟雅夫人，她丈夫究竟是什麼人？她怎麼可能擁有這樣一座宮殿？」

木蘭花笑著，道：「擁有這樣一座宮殿的人，自然是皇帝了。」

安妮和穆秀珍兩人齊齊一呆，道：「皇帝？那麼佟雅夫人她……」

木蘭花的話，更令得兩人驚訝，木蘭花的回答，只有兩個字：

「皇后！」

穆秀珍叫了起來，道：「不可能的，她是一個寡婦，她怎麼可能是皇后？」

就在這時候，皇后已經推開門，走了進來，她將門關上，道：「對不起，我沒有敲門就進來了。蘭花小姐。我真不能不佩服你，許多外國人來過這裡，他們都只是驚嘆這座宮殿的建築雄奇、瑰麗，從來也沒有人因之懷疑過我假造的身分！」

安妮和穆秀珍兩人，瞪著眼，張大了口。

穆秀珍指著佟雅夫人，道：「你真是皇后？」

木蘭花微笑著道：「我們其實已經知道得太遲了，皇后的照片雖然不多，但是我們應該一看到，就認得出她來的！」

穆秀珍像是還不相信似地，兀自搖著頭。

皇后吸了一口氣，道：「這座宮殿，已有好幾百年的歷史，是我的祖先在北部建立王國時所造的，那時候，小王國有六七個之多，後來逐漸統一，原來小王國的後裔，都被封為爵位極高的貴族，而且可以保留原來領土的一部分，所以我才有了那一大片礦山，可以找人來投資。合作開發！」

穆秀珍無法不相信了，因為只有身分尊貴到像皇后那樣的人，才能夠說出如此具有氣派的話來。

木蘭花道：「皇后陛下，我想我們之間的關係已接近了許多，可以好好談一談了！」

皇后坐了下來，道：「好的，當雲先生來的時候，我以為事情總可以如願了，誰知道他也遇害，而且，對方還準備害你們！」

木蘭花道：「所謂『對方』，是什麼人？」

皇后皺著眉，道：「是總降頭師，和散佈在各村落中的降頭師，大約有一百多人！」

穆秀珍大聲道：「只有一百多人，那麼只要派軍隊去將他們抓起來就可以了！」

皇后苦笑了一下，道：「可借民眾的迷信程度十分深，他們認為，如果對降頭師有所不利，那麼，所有的人都會死亡，所以這個辦法是行不通的，他們會嚴密保護降頭師的安全，根本找不到他們，那位總降頭師，政府人員不知用了多少辦法，也不知道他住在什麼地方！」

木蘭花道：「那地方叫『金廟』，據童醫生說，迪遜和雲三風兩人曾到過那裡！」

木蘭花在那樣說了之後，又將童醫生的話約略說了一遍。

皇后嘆了一聲，道：「有可能，因為迪遜很得人緣，可能有人冒險帶他們去過，但是他們兩人都遇害了，山區的人還更相信，在深山之中，有一頭十分凶惡的怪物，酣眠在山下，全靠總降頭師的法術將牠制服著，不然，怪獸便會掀翻山頭，天翻地覆！」

安妮笑道：「這倒有點像第八流的科學幻想電視影集了！」

皇后搖著頭，道：「不能那樣說，那怪獸不時發出吼叫聲來，我曾派人去聽過，迪遜和他領導的工作人員也都聽到，有時甚至可以感到整個山頭的震動，不由人不信。」

木蘭花道：「你信不信？」

皇后嘆了一聲，道：「我一個人不信，又有什麼用？蘭花小姐，這一切疑難，我請求你幫忙，以國家和私人的名義！」

木蘭花立時道：「皇后陛下，你放心，我一定盡力而為！」

穆秀珍握著拳，揮動著道：「我一定要找到那座『金廟』，將那個總降頭師揪出來，將他按在地上，請他吃泥土！」

皇后聽得穆秀珍那樣說，也不禁笑了起來。

木蘭花皺著眉，道：「秀珍，有禮貌些！」

皇后搖著手道：「不必客氣，請別當我是皇后，我們是好朋友，好麼？」

穆秀珍搶著回答，道：「好，我喜歡有你這樣的朋友，來，握握手！」

木蘭花不禁搖著頭。但是皇后顯然十分欣賞穆秀珍的那份爽朗。她站起身，伸出手來，和穆秀珍緊緊握著手，又和安妮握手，和木蘭花握手。

木蘭花道：「如果這批握有巫術的人，真是如此反對你的計畫，那麼，你豈不是也極其危險？」

皇后道：「我不要緊，我是貴族，法術是不能降臨在我身上的。」

木蘭花來回踱了幾步，道：「降頭師為什麼要反對你的開發計畫呢？」

皇后道：「我也曾想過，我想，這是因為如果山區得到開發，降頭師的特權，將會隨著文明的發展而逐漸消失的緣故。如今，他們在山區中，簡直是神，民眾將他們當神一樣供奉著！」

木蘭花搖著頭，道：「這個理由，其實是不成立的，試想，如果他們的降頭術真是那樣隨心所欲的話，不論怎樣，他們總是操著他人生殺大權的特權階級，他們實在不必害怕什麼！」

皇后苦笑道：「那我就不知道了！」

木蘭花又來回踱了幾步，道：「在這裡空自推測是沒有用的，明天我們到山區去，先去和迪遜先生的手下會合，皇后陛下，我看你還是回首都去的好。」

皇后沉思著，並沒有立時回答。

穆秀珍又搶著道：「如果你肯給我們以全權處理，你根本不必在這裏！」

皇后道：「好，這座宮殿中的所有人，我交給你們指揮調配，這裡也有很多新式武器，我授予你們全權，只要求你們一件事！」

這時，皇后的神態十分嚴肅，穆秀珍、安妮和木蘭花三人也是一樣。

木蘭花道：「請說！」

皇后道：「不論在什麼樣的情形之下，請盡量愛護我的百姓！」

木蘭花點頭道：「我一定照你的吩咐！」

皇后走向門口，道：「明天，在我離去之前，我會召總管大臣來接受我的命令。」

木蘭花道：「我會隨時向你報告我們工作進展的情形，雖然這是我從未有過的經歷，但是我一定盡力而為。」

皇后的神色充滿了感激，打開門走了出去。

木蘭花、穆秀珍和安妮在皇后離去之後，互望著，心中都充滿了奇異的感覺。一日之間，事情會有那樣的變化，她們實在是料不到的，而她們將要如何應付她們從來也沒有經歷過的這件事呢？

5 蠻荒之地

朝陽升起，白玉舖成的廣場上，反映起一片金黃色的光芒，在廣場上，肅立著將近三百人，是宮殿的僕人和忠心的侍衛。

木蘭花、安妮和穆秀珍三人。在總管大臣的帶領之下，來到廣場上，所有的人都肅然站著，在廣場上有一排四隻椅子。

總管大臣將她們三人，帶到那四張椅子之前，在靠右的三張上坐了下來，接著，音樂奏起，儀態萬千的皇后也慢慢走了出來。

穆秀珍在木蘭花的身邊坐下之後，廣場上的人雖多，但是卻是一片肅穆，靜得一點聲音也沒有。

木蘭花就在皇后的身邊，她以極低的聲音問道：「要舉行什麼儀式？」

皇后也低聲道：「總管大臣立時就要宣布，將這座宮殿的管理權完全移交給你，那樣，你工作進行之際，就方便得多了！」

這本是昨天晚上講好了的，可是木蘭花卻想不到儀式如此之隆重，站在廣場上的有軍官，有士兵，那自然都是效忠皇后的私人軍隊，也有各種職司的僕人，都穿著古色古香的服裝，在陽光下看來，十分絢爛華麗。

木蘭花、穆秀珍和安妮三人，都有置身於場面極偉大的古裝電影之感。

總管大臣來到了她們四人面前，向她們四人行禮。

在總管大臣行禮之際，所有的人一起行禮，接著，皇后便低聲道：「請你站起來！」

木蘭花站了起來，皇后也站起。皇后揚起手來，她手上戴著一枚極大的、顏色閃耀不定的戒指，也看不出是什麼寶石，只覺得半透明的寶石之內，像是有許多劍戟一樣的刺狀物，在閃閃生光。

皇后將那枚戒指除了下來，總管大臣轉過身來，向著廣場，大聲宣布著，他用的是當地的土語，木蘭花卻聽不懂他在講些什麼。

等他講完，皇后才握住了木蘭花的手，將那隻戒指戴在木蘭花的手上。

皇后同時低聲道：「這枚幸運石戒指，是我的家族歷代傳下來的，是權力的象徵，從現在起，你便統治這座宮殿，其間所屬的一切，和我的土地上的人民！」

木蘭花知道自己的責任十分重大，是以她的神情也十分肅穆，等到皇后講完之後，她道：「皇后，我一定盡力而為！」

總管大臣又高叫了一聲，所有的人都歡呼了起來。

穆秀珍在莊嚴肅穆的情形下，倒也不敢亂來，直到這時，所有的人都在歡呼，廣場之上鬧成了一片，她才笑道：「安妮，真有趣！」

安妮也十分高興地笑著，她和木蘭花一起已相當久了，但是這樣的經歷，對木蘭花來說，也是第一次，何況是安妮，她的感覺當然和穆秀珍一樣，是以她由衷地點了點頭。

可是在這時，木蘭花卻向她們望過來，低聲道：「有趣？我們不知要面對著什麼樣的敵人，我們所負的責任，也不知有多大！」

穆秀珍伸了伸舌頭，不敢再說什麼。

送走了皇后和她的貼身女僕、秘書，已經是快中午了，木蘭花、穆秀珍和安妮一起在一間寬大華麗的房間中，接見了總管大臣。

木蘭花說道：「我現在就要出發，到北部山區去。」

總管大臣恭敬地道：「是，我去通知直升機的機師作準備。」

木蘭花搖著頭道：「不必了，我自己會駕駛直升機，但是我需要一個人陪我去，這個人要能和我們交談，又是山區人，曾經去過山區的。」

總管大臣忙道：「我推薦桑達！」

總管大臣的臉上，現出得意的笑容來，道：「桑達是我的兒子，他曾在英國讀書，幾次勘察隊的人員來，都是他聯絡的，我敢說他是盡職的。」

木蘭花點頭道：「好，請他來！」

總管大臣退到門口，打開門，叫了兩聲，又來到木蘭花身前，恭敬地站著，不一會，一個身材結實、肌肉黑得發亮的年輕人走了進來。

那年輕人身形相當高，他那種體育家的體型，使人一看就有好感，他臉上帶著十分親切的笑容。

木蘭花道：「你就是桑達？」

那年輕人道：「是的，主人。」

木蘭花笑了起來，道：「桑達，你聽著，我們是朋友，不是什麼主僕！」

桑達的神情，不像剛才進來時那樣的拘束了，他露出雪白的牙齒，道：「謝謝你，蘭花小姐！」

木蘭花道：「你進過北部山區？」

桑達道：「是的，很多次，但是那並不是真正的到達，我只是在直升機上勘察過山嶺，和到過路邊勘察隊所建造的房子。」

木蘭花道：「為什麼不真正到山區去？」

桑達抓著頭，道：「一則，沒有必要；二則，要進山區，根本沒有道路可通。」

木蘭花皺了皺眉，道：「山區的大致地形，你可以描述一下麼？」

桑達道：「我自己繪製了一幅地圖，可以供你參考一下。」

木蘭花高興道：「那更好了！」

桑達在他隨身攜帶的一個袋子中，取出了一疊紙來，放在桌上攤開，木蘭花等三人忙一起俯身去看。

那張地圖很簡略，但是方向形勢卻十分清楚，桑達指著地圖最下面的一個紅圈，道：「這就是我們所在的皇宮。」

木蘭花點了點頭，桑達的手指向上移，移動的方向是西北，他一面道：「由這裡去，有一條路勉強可供小型吉普車通行，這條路長七十哩，要穿過一片森林，到達這個地方，那地方，土名叫野豬坡。」

木蘭花點著頭，桑達繼續道：「勘察隊的房子就造在這裡，油遜先生是領導人，他死了之後，還有六位地質學家，和四個伺候他們的人，住在野豬坡。」

穆秀珍插口道：「雲先生來的時候，也曾經到過野豬坡的了？」

桑達道：「是的，那裡有一片平地，可以容直升機降落，這裡可以說是一個起點，從野豬坡起一共有三條小路，是可以通向山區的！」

桑達的手指，在野豬坡以北圈了一大圈，道：「自野豬坡往北。所有的山嶺，直到邊界，都屬於皇后的私產，她要開發的，也是這一地區。」

木蘭花忽然問了一句，道：「桑達，你同意皇后的開發計畫？」

桑達道：「當然同意，那可以將我們的國家帶向文明、富強，只不過一連串神秘的事件，阻礙了計畫的順利進行！」

木蘭花點了點頭，桑達又道：「平時，勘察隊活動的範圍，最遠大約到達離野豬坡以外一百哩的地方，這裡，就是他們發現大量鎢礦的蘊藏區。」

桑達的解說，已超過了木蘭花的預料了，木蘭花自然感到十分滿意，但是她還是問道：「據我所知，雲先生和迪遜曾到山區中的一座金廟，是在什麼地方？」

木蘭花的這個問題一出口，桑達不過神色略為尷尬而已，而在一旁的總管大臣，卻立時面上變了色。

桑達立即恢復了常態，指著地圖，鎢礦地區以北的那一大塊，道：「這帶，是地圖上的空白，那座金廟，傳說是總降頭師所住的，極其神秘，沒有人知道究竟是在什麼地方！」

總管大臣的聲音，微微有點發顫，說道：「三位小姐，請恕我多言，你們……你們千萬別去惹降頭師！」

木蘭花微笑道：「請放心，我們需要桑達同行，你放心麼？」

總管大臣剛才還竭力推薦他的兒子的，可是這時，當木蘭花這樣問他的時候，他的神情卻猶豫起來了。

而桑達則爽朗地笑了起來，道：「我當然跟你們去！」他轉過頭，望著總管大臣，道：「爸，是不是？」

總管大臣有點勉強地點著頭，又急急以土語講了幾句，而桑達卻只是聳了聳肩，看這神情，分明是他的父親正在向他警告什麼。而桑達卻完全不放在心上。

木蘭花道：「我們可以走了！」

總管大臣忙到門口，打開了門，木蘭花等四人一起走了出去。

出了宮殿，已有車子在等著他們，上了車，駛向宮殿後的一片空地，有兩架小型直升機停著，木蘭花先檢查了應用的事物，然後四個人才登上直升機。

穆秀珍搶著坐上了駕駛位，桑達因為要指點航程，坐在她的旁邊，木蘭花和安妮坐在後面，穆秀珍發動了引擎，直升機的機翼，軋軋地轉動著。

這時的時間，是下午一時，當直升機升空之後，在陽光下看那座宮殿，更是壯偉宏麗，金光燦爛，好看到了極點。

直升機向北飛去，在空中可以看到桑達說過的那條路，不多久，便看到了那一大片樹林。

那一大片樹林的面積，至少在一千畝以上，那是從來也未曾開發的原始森林，高大的樹木密密地排列著。根本無法透過濃密的枝葉，看到地面上的情形。

直升機越升越高，木蘭花用望遠鏡向前看去，前面全是莽莽蒼蒼、起伏不定的山巒，這便是世界上有名的神秘地區之一。

大約半小時之後，直升機已經飛到了野豬坡的上空，那裏是一片平地，蓋著七八幢木頭房子，穆秀珍轉過頭來，道：「要不要降落？」

木蘭花道：「反正時間還早，看看山區的情形，盡可能飛得低些！」

穆秀珍巴不得木蘭花這樣吩咐，連忙說道：「好！」

直升機繼續向前飛去，雖然穆秀珍也想盡量飛低，但那是不可能的事，因為一過野豬坡，崇山峻嶺，密密的叢林，便接著而來。

他們看到在山中，時隱時現，有不少村落，桑達道：「我跟隨勘察隊進山，全經過這些村落。」他又指著前面，道：「前面就是山頭，就是鎢礦的主要蘊藏區，山上有勘察隊留下的標誌。」

循著桑達的指點，木蘭花用望遠鏡向那個山頭看去，起先還看不到什麼，直升機迅速地飛近，這才看到山上插著不少黃色的小旗。

穆秀珍駕著直升機，在那山頭盤旋了一周。

木蘭花問道：「燃料的情形怎樣？」

穆秀珍看了看一個儀表，道：「還可以再向前飛十哩，足夠回程用。」

木蘭花道：「好，再向前飛去！」

穆秀珍的駕駛術十分佳妙，直升機斜斜升空，又繼續向前飛了過去。

向前去，下面全是密密的樹林和山峰，雖然木蘭花手中持著遠程望遠鏡，可是向下看去，卻也什麼都看不到，只不過偶然在林木稀疏的地方，可以看到有幾間房子，但是一個人都見不到。

桑達道：「這是最困難的一點，從空中看下去，幾乎什麼也看不到。」

木蘭花點頭道：「不錯，我們一定要親自去，秀珍，飛回野豬坡去吧。我想，當日迪遜和三哥深入山區，和留駐在野豬坡的勘察人員，一定有聯絡的，說不定他們有著記錄！」

穆秀珍答應了一聲，直升機又向前飛出了幾十碼，大大的轉了一個圈，然後又降低，往回飛去。

也就在這時候，突然「砰」的一聲響，直升機的一塊玻璃破裂了！

那一下變故，是突如其來，破裂的玻璃在桑達的身邊濺了開來，桑達的臉上立時有鮮血流了下來。

木蘭花失聲道：「升高，有人向我們襲擊！」

穆秀珍控制著直升機，迅速盤旋升高，指著直升機艙頂的一個小孔，道：「看！」

桑達一面抹著臉上的血，一面駭然道：「那是什麼？」

穆秀珍也抬頭望了一眼，她神情惱怒，道：「傻瓜，這是強力遠程來福槍的子彈，哼！看來這裡的人已經夠文明了！」

破碎的玻璃，機頂的彈孔，強力的遠程來福槍，自然只有文明人會使用，是以穆秀珍的話，令得桑達也張口結舌，不知如何回答才好。

木蘭花則正持著望遠鏡，在向下看著，可是仍然什麼也看不到。

她放下望遠鏡，道：「多謝這一槍！」

穆秀珍大聲道：「蘭花姐，你怎麼還說風涼話？這一槍要是射中了油箱，我們全完了！」

木蘭花揚了揚眉，道：「自然要多謝這一槍，因為這一槍，將許多神秘的內幕都揭穿了！」

安妮低聲道：「蘭花姐，你的意思是，我們的敵人，不是降頭師？」

木蘭花笑著，道：「如果你不將來福槍的子彈當作是降頭術的話。」

桑達用手帕抹著被玻璃割傷的傷口，道：「可是，這下面居住的全是土人，根本沒有別人，土人是不可能有槍的。」

木蘭花肯定地道：「桑達，既然從來也沒有人進入過這個地區，你怎麼如此肯定？」

桑達苦笑了起來，道：「這地區可以說是蠻荒之地，不論是什麼人，到這裡來，都絕得不到什麼好處的，我真不明白！」

這時，直升機已在往回飛了，由於下面找不到一點可供降落的地方，要不然，不等木蘭花吩咐，穆秀珍一定會降落去查看究竟的。

木蘭花站起身來，又檢查了一下艙頂的彈孔，然後，一言不發。

直升機的氣氛顯得很沉悶，自然，那是由於這突如其來的一槍帶來的，當玻璃破裂的時候，直升機飛行的高度是兩千呎，子彈不但射破了玻璃，而且，穿過了艙頂，可知那柄槍的力道之強了！

如果說是在別的地方，有人以強力的來福槍襲擊他們，本來也不是什麼出奇的事，可是，直升機下面，都是地圖上的空白，是蠻荒地區！

正如桑達所說，不論是什麼人，在這樣的地方，都是得不到好處的，就算是下面的山區中有著豐富的礦藏，但是，開礦不比其他的事情，要說有人早已在這裡秘密開發稀有金屬，那是絕無可能的事！

木蘭花曾說，那一槍，替她揭開了許多神秘的帷幕，事實的確如此，因為她多少已經明白，自己所面對的人，不是什麼靠巫術置人死亡的降頭師，而是配備有精良武器的另一幫敵人！

但是，一些神秘的帷幕被揭去了。另一些神秘的帷幕卻又罩了上來，那便是：

隱藏在山中的敵人是什麼樣的人呢？

他們隱藏在這種人跡不到。充滿了神秘傳說的蠻荒之地，目的是什麼呢？

他們既然能從地面攻擊直升機，那麼，自己如果從地面進入山區，豈不是更危險萬分？

在沉思中，直升機已漸漸飛近野豬坡了，穆秀珍曾好幾次轉過頭來看木蘭花，但是她看出木蘭花正在沉思，是以她沒有開口發問。

直升機盤旋下降。停在野豬坡前，桑達先從直升機上跳了下來，大聲叫著。

木蘭花、穆秀珍和安妮也一起下了直升機，那時，桑達正一面叫，一面在向那幾間屋子走去。

野豬坡是一片平地，但是四周圍都是高可參天的樹林。

桑達已經快來到房子的附近了，可是，並沒有人回應他，四周圍一片寂靜。

桑達呆了一呆，停了腳步，道：「奇怪，他們到哪裡去了呢？」

木蘭花等三人也趕了上來，桑達一停止了叫喚，四周圍更是靜得出奇。

安妮先懷疑了起來，道：「這裡是有人住的麼？」

安妮一說，木蘭花和穆秀珍兩人心中也陡地一凜，因為這裡實在太靜了，靜得根本不像是有人！

桑達卻道：「他們一定在屋裏的，自從迪遜先生死了之後，勘察活動就停止了，或許他們全睡著了，也說不定。」

木蘭花卻已經可以肯定，事情有點不對頭了，她伸手攔住了桑達，不讓他再向前去，同時，做了一個手勢，四個人各自奔到一叢矮樹之後躲了起來，穆秀珍和安妮已各掣了槍在手。

桑達的臉都白了，道：「蘭花小姐，你……你以為發生了什麼？」

木蘭花道：「現在我還不知道，秀珍，你小心掩護我，我過去看看！」

穆秀珍答應了一聲，木蘭花已經俯著身，向前疾奔了過去，她迅速地奔出了十來碼，來到了另一簇矮樹之後，又伏了片刻。

屋子中，仍是靜得一點動靜也沒有，木蘭花轉過身來，向桑達做了一個手勢，桑達會意，又大聲呼叫著一些人的名字。

屋中仍然沒有反應，木蘭花疾奔了過去，到了門前，立時轉過身，背靠著門而立，一掌向門拍去。

木蘭花的那一掌，力道相當大，一下子將門拍了開去，門一開，她身子又一側。

也就在門被拍開來的那一剎間，「砰」地一聲響，門裡突然跌出了一個人來，那人自門裡疾跌了出來，在地上滾了一滾，就躺在地上不動，面朝著天。

這時，正是下午時分，那人臉向著天，躺在地上不動，陽光也灼灼地照在他的臉上，只見他臉上呈現著一種可怕之極的青紫色，目、口、鼻之中，隱隱有血絲滲了出來，不但早已死了，而且死狀極其可怖！

木蘭花一看到這個死人，就肯定了這人的死因。和那計程車司機的死因是一樣的！

這時，穆秀珍等人，也看到木蘭花將一對門拍開，就有一個人跌出來，但是他們隔得很遠，看不清跌出來的是什麼人。

穆秀珍怪叫道：「蘭花姐，是什麼人？」

木蘭花吸了一口氣，道：「死了！」

安妮、穆秀珍和桑達一起向前奔來，當他們一齊奔過來時，木蘭花已轉過身，向屋中看去，屋中的光線雖然相當陰暗，但是木蘭花還是一下子就看到了屋中的情形。

只見屋中的陳設很簡單，堆放著許多勘察用的工具，有一張方桌，桌旁有四個人坐著，那四個人正在玩紙牌，其中兩個，手中還握著牌，四個人像是正常人一樣地坐著，可是卻全死了！

當木蘭花略呆了一呆之際。穆秀珍已到了背後，也看到了屋內的情形，她失聲叫了起來。

木蘭花深深地吸了一口氣，道：「小心，別碰死人，也別碰房子中任何東西！」

那四個死在方桌邊的人，顯然全是西方人，毫無疑問，他們是勘察隊的成員，而他們的臉上，也一樣呈現著可怖的青紫色，鼻孔在流著血。

他們雖然死了，但是仍然一樣坐在桌邊，可以知道，死亡是突如其來的。

木蘭花和穆秀珍走進了屋子，立時又退了出來。

安妮站在門口，神情十分緊張，桑達則站在那個死人身邊，面色發青。

木蘭花立時道：「桑達，你不是說一共有十個人的麼？再去找別的人！」

桑達抬起頭來，急速地喘著氣，嘴唇動了幾下，想要說話、但是卻沒有發出聲來。

木蘭花道：「你要說什麼，只管說！」

桑達苦笑了一下，道：「這人……是中了飛頭降頭術而死的。」

木蘭花沉聲說道：「他們是死於一種劇毒的毒藥。」

桑達道：「是的，可以這樣說，但是這種劇毒的毒藥，卻是由一個飛行的死人頭，受了巫術的控制而發出來的，這便是飛頭……」

木蘭花一揮手，打斷了他的話頭，道：「桑達，你相信有這樣的事？」

桑達道：「我自然是不相信的，我來的時候，父親叫我小心，我也根本不放在心上。可是現在。他們全死了，他們都有武器，為什麼有敵人來，他們竟完全不作反抗，就中毒死了？」

木蘭花沒有說什麼，這裡的人，怎麼會死的，在她來說，還是一個謎。如果沒有那一顆突如其來的槍彈的話，木蘭花或者還會在降頭術上去動腦，但是現在，她卻根本不往那方面去想，她已經肯定，自己面對著行事十分凶狠，似乎不惜用盡一切手段，都要去阻止開發山區的勁敵！

木蘭花轉過身，和安妮、穆秀珍又去看其他的屋子。

她們在一間廚房中，找到了另外三個土人。在一間屋子的床上，又發現了兩個勘察隊員，野豬坡中一共有十個人，一點也不錯，但是那十個人全死了，他們都死得那麼突然，又叫人搞不透，凶手是用什麼方法下毒。

木蘭花扯下了一幅蚊帳來，在一個死人的身上，略按了一按。

安妮問道：「他們死了多久了？」

木蘭花道：「從屍體肌肉的僵硬程度來看，已有十小時以上，大約是天還未亮時的事，我們先到外面去，再商量。」

桑達看來有點失魂落魄，他站在空地中，一見木蘭花等三人退了出來，他就道：「我們還是先回宮去吧，這裡無法過夜了！」

木蘭花看了看天色，斜陽已然西沉，她道：「這裏有燃料麼？」

桑達像是急於要離開這裡，道：「有，我知道燃料在什麼地方！」

他一面說，一面向屋後的一個草棚奔了過去，可是才一奔到那草棚之前，他便發出了一下驚呼聲，木蘭花等三人忙奔了過去。

桑達並沒有發生什麼意外，只是伸手指著那個草棚，那棚中有不少油桶，可是每一隻油桶上，全是彈孔，油已漏完了！

木蘭花冷笑了一聲，道：「這不見得又是飛頭降頭術所造成的吧！」

桑達的神情也比較鎮定了些，顯然他並不是害怕面對敵人，而是由於從小受到了傳說的影響，特別對不可思議的巫術有著恐懼。

木蘭花沉聲道：「敵人既然曾向我們的直升機射擊，可能料到我們會在這裡歇腳，直升機中的燃料，不夠飛回王宮去，我們要小心！」

穆秀珍道：「我們去搜尋敵人？」

木蘭花四面看了一下，道：「不，我們在屋中等，等敵人出現。」

安妮道：「蘭花姐，他們害人的方法，是這樣神出鬼沒，我們……」

木蘭花不等她講完，就道：「所以，我們要加倍小心，任何食物都要經過化驗才能入口，你們回直升機去，將應用的東西搬下來，我去尋找無線電通訊設備，和王宮聯繫！」

桑達、穆秀珍和安妮三人走了開去，木蘭花回到了那間較大的屋子中。那最大的屋子，看來是勘察隊的辦公室，有很多張桌子，桌上攤著地圖，和一疊一疊採回來的礦石標本，以及實驗用具。

木蘭花走了進來，她自然不是什麼怕鬼怪的人，可是屋中的四個死人，死相實在太獰猙可怖，令得她心頭也有一股極不自然的感覺。

她先到了幾張桌子旁，看了一看，最後，停在一幅空中攝影圖之前。那一大幅空中攝影圖，是由許多張照片拚成的，足有十二呎長、七呎多寬，看照片上起伏的山巒，木蘭花認得出，那正是剛才曾經飛過的地方。桑達告訴她的那個礦藏的山頭，也清楚可見。

但這時，吸引了木蘭花注意的，是一個紅色的記號，畫在照片上那記號是一條直線，就從那礦山山頭開始，直向北，箭頭停在一個山頭中，在箭頭所指處，紅筆畫成了一個小小的圈子，旁邊還加著一個問號。

木蘭花拉下檯燈，自動發電設備也沒有損壞，燈光照在照片上，木蘭花仔細看那紅圈圈的地方，看到密密的林木中，好像有幾點亮光。

由於照片是黑白的，是以看不出那幾點亮光是什麼顏色。

而那幾點亮光，幾乎可以是任何東西，可以是陽光的反射，可以是林中的一道小溪，當然也可能是林中有其他的東西在發光。

而在那團亮光之上，既然被人加了一圈紅圈，而且也有一個問號，可以肯定的是，那圈紅圈之內的亮光，一定是十分值得注意的了。

木蘭花看了一會，桑達、穆秀珍、安妮也已進屋子來，木蘭花轉過頭來，道：「無線電聯絡系統有沒有問題？」

桑達道：「已經和我父親聯絡過，他明天一早就派另一架直升機來！」

木蘭花皺了皺眉，道：「為什麼要明天？」

桑達苦笑了一下，道：「在這裡，到了晚上，一直是很少人……行動的。」

木蘭花的聲音十分低沉，但是也十分堅決，道：「我們今晚就要行動，而且，桑達，你要和我們一起行動，向山區進發！」

6 飛頭降頭術

木蘭花的這個決定，連穆秀珍和安妮也不免感到有點怪異，但是她們原是過慣了冒險生活的，所以都只是略皺了皺眉。

木蘭花望著桑達，桑達的臉色很蒼白，但是他還是勇敢地點了點頭，只不過他的聲音很乾澀，道：「我們到什麼地方去？」

木蘭花回過身，指著桌上的照片，道：「到這個地方去，我想，勘察隊或者是迪遜，一定曾在那地方發現過什麼他所不明白的東西，所以才加上圈的！」

幾個人一起俯首看著，安妮首先道：「密林中好像有什麼東西在發光！」

木蘭花點了點頭，「嗯」地一聲。

安妮突然抬起頭來，道：「蘭花姐，你記得三哥臨死前的話麼？」

木蘭花和穆秀珍兩人都陡地一動，穆秀珍搶著道：「通體發金光的廟，那座金廟！蘭花姐，那座金廟就在這裡！」

這時，桑達的臉色更白了，而外面的天色也迅速地黑了下來，木蘭花道：

「別那麼肯定，我們只能說，那座金廟有可能在這裡！」

桑達終於開口，道：「蘭花小姐，為什麼不等到明天，直升機到了，載我們到那上空降落，而要今天晚上開始步行？」

木蘭花坐了下來，神色嚴肅，語氣堅決，她道：「道理很簡單，第一，今天晚上，我們如果在這裡過夜，敵人要對付我們，我們個個全是顯著的目標，只有更加危險，不如冒著險夜行，和他們捉迷藏。第二，我們既然是在一個充滿神秘的地區活動。行蹤自然是越隱密越好，我們要神不知鬼不覺地到達那地方，才能看到真正實在的情形！」

桑達站著頭，不再出聲。

木蘭花向安妮道：「拿一具錄音機來。」

安妮是提著一個箱子進來的，她打開箱子，取出了一具小小的錄音機，木蘭花對著錄音機講了幾分鐘，全是吩咐明早來的人，如何小心處理那十具離奇死亡的屍體。

木蘭花的最後建議是：將這間屋子，連同屍體，一起火焚。

木蘭花又寫了一張紙條，放在錄音機之上，然後他們幾個人便一起翻著文件，希望找到什麼可以參考的資料，對他們的探險之行可以有所幫助，可是除了很多礦務上的資料外，並沒有什麼發現了。

他們又到勘察隊員的宿舍中去搜尋了一番，這一次倒有不少收穫，他們找到了很多照片，全是勘察隊員在各個鄉村和當地土著合照的，有的還是在土著的屋子之內拍攝的。

但是這些照片對於他們所要探索的事，卻也沒有什麼多大的幫助。

等到他們再離開屋子，回到空地的時候，天色已然完全黑了，在這個蠻荒神秘的地區，黑暗似乎比別的地方更來得深沉、濃稠，人像是被包圍在無邊無涯，凝結得像是固體一樣的黑暗裡。

木蘭花大聲吩咐著，準備一切夜行通過森林所用的東西。好在他們來的時候早有準備，一切用具全是現成的，而且都是極其精巧實用的工具，每人分配起來，所要負責攜帶的東西，還不到二十磅。

然後，他們才生起了一堆火，在空地中心，將帶來的食物煮了來充饑，他們已足足忙了一天，可是由於身處在神秘的環境之中，心情都免不了緊張，是以也不覺得肚子餓。

等到他們開始出發的時候，已經是深夜十一時了。

木蘭花走在最前面，她手中握著強力蓄電池的電筒，照著路，安妮跟在木蘭花的後面，桑達自告奮勇殿後，可是穆秀珍卻將他推向前去，自己走在最後面。

他們一行四人，離開野豬坡只不過幾百碼，雖然說黑暗已到了伸手不見五指的程度，已不可能再黑到什麼地方去，可是感覺上，一進入茂密的林木之中，黑暗卻像是更甚了。

木蘭花手中的燈光，可以射出十來碼遠近，在光芒的範圍之內，全是粗大的樹幹，再漸漸向前走去，樹幹上全是粗大的樹藤，有好幾次，燈光還照到盤在樹上的蟒蛇，只看到蛇身，連蛇頭都找不到。

在這樣的原始森林中趕夜路，前進的速度當然十分慢，每小時只不過前進兩三哩，一直走了兩小時，對那種極度的黑暗漸漸習慣了之後，倒也不覺得怎樣了。

穆秀珍鬆了一口氣，道：「還好，雖然黑一些，倒沒有什麼特別。」

木蘭花並不轉過頭來，只是道：「別疏忽，隨時準備有人來侵擾！」

桑達道：「有人來倒不怕——」他那句話只說到一半，便沒有說下去。

穆秀珍就在他的身後，立時用手中的槍，在桑達的背後揚了揚，道：「除了人之外，還會有什麼呢？」

桑達一面向前走著，一面苦笑道：「本來我也不信的，可是這裡的氣氛，那麼神秘——」

桑達講到這裡，穆秀珍本來想大聲斥責他的，可是安妮卻立時道：「聽，什麼聲音？」

當安妮那樣說的時候，穆秀珍還沒有聽到什麼，可是她知道安妮的聽覺十分靈敏，是以她也立時住口不言。

而這時候，木蘭花也停了下來。

就在那一剎間，一陣尖銳的「嗤嗤」聲，已經自遠而近，迅速地傳了過來，從那種聲音聽來，好像是有什麼東西正在飛了過來。

那只不過是幾秒鐘之內的事，穆秀珍一住了口，各人的腳步才一停下，那種「嗤嗤」聲，已經在他們的頭頂之上了。

木蘭花的反應快得出奇，她手中的燈本來是照著前面的，也就在那一剎間，她陡地一翻手腕，燈已向上照去。

那強力的蓄電池燈所射出來的光芒，幅度相當大，光線才一揚向上，安妮和桑達首先發出了一下驚呼聲，而穆秀珍則一下怪叫，扳動了槍機，「砰」地一聲槍響，子彈已疾射而出！

在寂靜的森林中，那一下槍聲，聽來可以說是驚人之極，黑暗之中，立時有許多已經棲息著的鳥，驚得一起振翼飛了起來。

穆秀珍的槍法之佳，本來可以說是百發百中的，但是這時，一則由於她才看到那東西時吃了一驚，二則，那東西飛得十分之快，穆秀珍絕沒有準備的機會，是以那一槍並沒有命中。

故到槍聲一響時，那東西早已飛出了光柱之外，由於槍聲之後，樹林中起了一陣騷動，是以連那東西飛遠去的「嗤嗤」聲，都沒有聽到。

樹林之中，迅速地恢復了寂靜，他們四人仍然站在當地，沒有移動腳步，木蘭花手中的燈，燈光照在地上。

四個人之中，又是穆秀珍最早開口，她道：「老天，我不是眼花了吧！」

安妮的聲音中充滿了怯意，道：「秀珍姐，你……你看到了什麼？」

穆秀珍道：「我……我剛才看到，在我們頭上飛過去的，是一個人頭！」

穆秀珍這句話一出口，桑達立時發出了一下近乎呻吟的聲音來。

穆秀珍向桑達看去，在黑暗中看來，桑達的臉色，更是蒼白得出奇！

安妮道：「秀珍姐，你沒有眼花。我看到的，也是一個人頭！」

安妮講著，木蘭花已向穆秀珍望去，木蘭花低著頭，望著地上的那一團光，一動也不動。

穆秀珍說道：「蘭花姐，你看到了什麼？」

木蘭花的聲音，十分沉緩，道：「不錯，剛才是有一個人頭，在我們頭上飛了過去，離地大約二十呎高，飛得極快，秀珍，你那一槍並沒有射中它！」

木蘭花究竟比較鎮定得多，雖然，當她剛才一聽到「嗤嗤」聲就在頭頂上掠過之際，她揚起燈向上照去，看到了那顆疾飛而過的人頭之際，她心中也是驚異莫名，但是，當她漸漸鎮定了下來之後，她卻對那人頭的飛行高度和速度，有了約略的估計。

不過這時候，木蘭花的心頭還是怦怦亂跳著，這簡直是太不可思議了，雖然桑達還沒有出聲，但是她知道，桑達也看到了那顆人頭！

固然，在黑暗中，心理上先有了自己身處神秘地區的主見，是很容易產生一點幻象的，但無論如何，絕不可能四個人的眼睛產生同樣的幻象。

而且，木蘭花還有自信，自信她自己絕不至於因為身處的四周黑暗、神秘，而產生幻象來。那也就是說，剛才，在他們的頭上，的的確確，有一顆人頭以高速飛行而過！

雖然那顆人頭，從被燈光照住，到飛進黑暗，只怕還不到十分之一秒的時間，但是木蘭花已經看得十分清楚，那是一個人頭，面色慘白，雙眼似開非開，乍一看來，像是才被人從一個人的身上割下來的！

木蘭花不知道曾經經歷過多少冒險生活，但是像那樣怪誕、不可思議、離奇不經的事，她卻還是第一次看到！

自然，在這以前，她曾聽幾個人講起過這樣的事，她知道，那就是「飛頭降頭術」，在黑暗之中，一顆人頭飛來飛去。

然而這樣的事，單是聽人說，是無論如何無法令人相信的。

而現在，她卻親眼看到了！

一時之間，她心中亂到了極點，實在是不知道說些什麼才好！

安妮喘了一口氣，問道：「蘭花姐，那……那究竟是什麼？」

木蘭花還未曾回答，桑達已經道：「那是飛頭降頭術，我們遇到飛頭降頭術了！」

桑達的聲音，聽來簡直就像在哭泣一樣，木蘭花抬起頭來，道：「桑達，可是見到有頭飛過的人，就已經中了降頭術？」

桑達大口地喘著氣，道：「不是，很多人見過，要被那個飛行的人頭迎面噴上一口氣的人，才會中降頭術，說不定在什麼時候就死了！」

桑達的聲音仍然在發著抖，木蘭花道：「既然我們不會死，那怕什麼，繼續走吧！」

木蘭花的話，安妮和穆秀珍是一定聽從的，可是在那樣的情形下，她們兩人卻異口同聲道：「蘭花姐……」

木蘭花知道她們要說什麼，不等她們說完，就道：「我們繼續前進，前面可能有土人的村子，希望我們能夠休息一會。」

木蘭花一面說，一面已繼續向前去。

安妮和穆秀珍互望了一眼，也連忙跟在後面，桑達更是急急跟了上去。

安妮和穆秀珍兩人，心中不知有多少話要問木蘭花，可是木蘭花卻只急急向前走著，不一會，只見前面，樹木漸漸稀疏，有幾點火光透了過來。

再向前走去，看到了三個火把。

在火把的光芒照耀下，山腳下，是一排十七八間的房子，木蘭花道：「好了，桑達，你代我們去交涉，借一間屋子過下半夜。」

桑達苦著臉，道：「這一帶沒有人肯在黑夜給人開門的，他們怕降頭術乘虛而入。」

木蘭花像是早已知道桑達會有那樣的回答一樣，她立時道：「那麼，我們就去找降頭師，不是每一個村子都有降頭師的嗎？降頭師的住所，應該有特徵的！」

桑達吸了一口氣，漸漸走近了村子，木蘭花手中的燈在屋子上照著，屋中靜沉沉地，一點動靜也沒有，也不知道是睡著了，還是嚇得不敢動。

他們沿著一幢一幢的屋子向前走去，不一會，來到了一幢孤零零的竹屋之前，在那竹屋的門上，掛著兩隻死公雞，門口的竹柱上，塗著許多顏色不同的顏料，和其他的屋子不同，那竹屋的門口，有著一隻很大的金環，看上去是純金的。

桑達將聲音壓得極低，說道：「這裡就是降頭師的住所了！」

木蘭花已走到門口，伸手在門上拍了幾下。

桑達的神情十分害怕，如果不是她們剛才確確實實看到有一個人頭在頭上飛過的話，穆秀珍和安妮一定會笑桑達實在太膽小了，但是現在，她們就是想笑也笑不出來。

那門也是竹子的，手拍在上面，發出一種十分響亮的聲音來。

木蘭花一面拍著門，一面招手叫桑達走向前去，道：「你來和他說！」

門拍了約有一分鐘，才看到窗內閃起了亮光，接著，便有人粗聲粗氣地呼喝了一句，聽來是在問拍門的是什麼人，桑達連忙答應著，過了片刻，竹門才

「吱呀」一聲，打了開來。

木蘭花看到一個中年人。手中拿著油燈，臉上的神色十分深沉。

那中年人看來，和普通人並沒有什麼分別，只不過他的頭髮，左半邊剃得精光，右半邊卻又留得極長，直披到肩上。

光看他的那種髮型，就可以說是怪誕之極了！

那中年人用一種很陰森的眼光打量著木蘭花、安妮和穆秀珍三人，過了一會兒，才側了側身子。

桑達轉過身來，道：「他就是降頭師，還好，這村子離野豬坡近，這裡的人和外界不算沒有往來，他答應我們，可以停留到天亮。」

木蘭花點了點頭。一起走了進去。

那竹屋中十分寬敞，有很多椅子，牆上掛著許多奇奇怪怪的東西，乍一看，根本認不出那是些什麼東西，仔細看去，才看到全是動物的屍體，有的早已乾癟了，有的像是剛死的。

穆秀珍看了看，覺得出奇，順手想去摸一隻死了的松鼠，可是，她才伸出手去，那降頭師突然發出了一下極其難聽的叫聲，用英語喝叫道：「別去碰它！」

那一下斷喝聲，嚇得穆秀珍立時縮回手來。可是她好勝心強，雖然不敢再去摸，心中像還有點不服氣，瞪了瞪眼，道：「為什麼不能摸？」

木蘭花望著那降頭師，也用英語問道：「原來你會講英語？」

那降頭師看來神情憤怒，道：「這裡經常有人來參觀，我也學了幾句，不過說得不好。」

木蘭花不會這個國家的山區土語，但是這個國家城市中通行的語言，她卻可以講得十分流利，是以她又改用那種語言，道：「如果摸了，會有什麼結果？」

那降頭師望了木蘭花一眼，道：「會死！」

木蘭花沒有再出聲，降頭師推開了一扇門，那扇門內是一間房間，什麼陳設也沒有，地上是竹片織成的，十分乾淨。

降頭師道：「你們可以在這裡休息到天亮，不過千萬別走出來。」

木蘭花道：「好的，我們剛才來的時候，在路上見到了一件奇怪的事。」

降頭師冷冷地說道：「這裡奇怪的事，實在太多了，如果你每一件事都要追求解釋。只是自尋煩惱！」

木蘭花道：「你認識迪遜先生？」

降頭師已轉身走了開去，說道：「見過他幾次。」

木蘭花又道：「迪遜先生曾經到過金廟，你可知道金廟在什麼地方？」

降頭師本來已經走開了，可是一聽木蘭花那樣說，立時轉過身來。

他望了木蘭花好一會兒，才緩緩地道：「我相信迪遜先生已經死了！」

木蘭花點了點頭。

降頭師冷森森地一笑，說道：「那麼，你還問什麼？」

降頭師說完了那一句話之後，面色更是難看得可以，倏地轉回身，將門關上，走了。

他們可以聽到降頭師的腳步聲，到了另一間房間中，又靜了下來。

穆秀珍來回踱了兩步，房間中十分靜，由於地上鋪著竹片，所以穆秀珍一有行動，腳踏在竹片上，便發出一陣「吱吱」聲。

那種「吱吱」聲響，在靜寂之中，聽來十分刺耳。

木蘭花坐著不動，像是在想著什麼，過了片刻，才道：「秀珍，坐下來！」

穆秀珍坐了下來，說道：「蘭花姐，看剛才那降頭師的神情，他像是知道那座金廟在什麼地方似的！」

木蘭花卻不答穆秀珍的話，只是用手在竹地板下用力按了按，在她的一按之下，地板又發出了「吱吱」的聲響。

木蘭花望著桑達，道：「這裡土著的住屋，地上全會發出聲響來嗎？」

桑達看來，很有點神情恍惚，他竟讓木蘭花連說了兩遍，才「哦哦」應了兩聲，道：「是的，山林中野獸多，一有野獸進了屋，地板上的聲響，就可以將人驚醒！」

木蘭花站了起來，她的行動很小心，可是地板上仍然不覺傳來了一下聲響，木蘭花推開了一扇小得只有一呎見方的窗子，向外看去。

外面一片黑暗，木蘭花反手向安妮招了招，低聲道：「給我望遠鏡。」

安妮在身邊的一個掛袋中，取出了一具小巧的紅外線望遠鏡，來到木蘭花的身邊，木蘭花接過了望遠鏡，湊在眼前。

當她通過紅外線望遠鏡向外看去的時候，已經可以看清眼前的情形了。她可以看到幾幢屋子，形式幾乎是一樣的，一個人也沒有，有幾頭刺蝟，正在探頭探腦地爬行著。

一般的農村中，總有不少狗，但這個村落中，看來一隻狗也沒有。

木蘭花看了一會兒，放下了望遠鏡來。

穆秀珍道：「給我看看。」

木蘭花順手將望遠鏡遞給了她，穆秀珍卻不像木蘭花那樣，站在窗前就算了，她整個頭都向外探了出去，如果不是窗子太小的話，她可能連上半身都出去了。

安妮壓低聲音問道：「蘭花姐，你看到了什麼呢？」

木蘭花搖著頭，道：「看來很平靜。一點也不像會有什麼意外發生。」

桑達吃了一驚，道：「你以為今晚會有意外發生？」

木蘭花並沒有繼續向下說去，而就在這時，只見穆秀珍突然縮回頭，轉過身來，在油燈昏黃的燈光照耀之下，她臉色蒼白得可怕！

她轉過頭來，就道：「又看到它了！」

木蘭花像是並不感到意外，道：「那飛行的人頭？」

穆秀珍有點失魂落魄似地點了點頭，道：「是的，它在後面那幢屋子上飛過！」

木蘭花立時道：「伏下！」

這時，其餘三人也不知道木蘭花叫他們伏下是什麼意思，可是他們的反應都相當快，木蘭花才一出聲，他們就一起伏了下來。

只見木蘭花已取了一柄手槍在手，並且迅速地在槍口上套上滅音器。

桑達道：「蘭花小姐，你……你……」

木蘭花的聲音仍然很鎮定，她道：「桑達，我們已向那飛行人頭射過一槍，如果說它神聖得不能得罪的話，那麼，我們早已得罪它了！」

桑達的嘴唇，又掀動了幾下，但是卻並沒有發出任何聲音來。

穆秀珍的神情仍不免有點駭然，雖然她和安妮在伏下之後，一樣都已掣槍在手。

木蘭花的話，令得穆秀珍也感到了一股寒意，她道：「蘭花姐，那人頭會來找我們？」

木蘭花點了點頭，仍然望著窗口。

安妮道：「蘭花姐，它……要是來了……」

木蘭花道：「一會兒等它出現，立時開槍射擊，將它打下來！」

安妮道：「如果是有法術的，我們怎能打得中它？」

木蘭花冷冷地道：「是啊，我就是想看看，是槍彈快，還是它飛得快。」

安妮眨著眼，咬著指甲，道：「蘭花姐，一顆人頭會飛，這……如何解釋？」

木蘭花卻笑了笑，像是這件事絲毫沒有什麼神秘一樣，可是她卻又不出聲，只是略轉了轉頭，道：「桑達，我曾聽一個人說過，山區中，有時會有隆隆的巨聲傳出來，是不是？」

桑達點了點頭，道：「是的，不過那種聲響並不可怕，可怕的是……」

木蘭花嘆了一聲，道：「為什麼這裡有那麼多不可思議的事，從來也沒有人想到要去探尋究竟，而只想到害怕？」

桑達的臉微微紅了一紅，道：「蘭花小姐，一則是我們的教育水準低，不斷有人想去探個明白，但是像迪遜先生那樣，他們全死了！」

一提到「死」，而且又是像迪遜那樣神秘的死亡，房間中的氣氛，又不免有點異樣。

而也就在那時，他們四個人又一起聽到了那種尖銳的「嗤嗤」聲，那種聲響，越來越近，牆上傳來了「啪啪」的聲響，像是有什麼東西撞上牆上一樣。

木蘭花、安妮、穆秀珍三人，一起將手中的槍，對準了那個小窗口。

那種「啪啪」聲，顯然是那飛行人頭撞在牆上發出來的，那是還沒有找到那窗子，不然，它就會直飛進來了！

房間中的人，全部屏住了氣息，緊張到了極點，那種「啪啪」的撞擊聲，離小窗子越來越近了，突然之間，那顆人頭已在窗外出現，向房間內衝來！

三柄手槍幾乎是同時發射的，自然如果以百分之一秒作為時間單位的話，是木蘭花最先發射，然後才是穆秀珍和安妮。

但是，在人的聽覺而言，三下槍聲卻是同時發出來的。由於早已裝置了滅音器，是以那三下槍聲，聽來並不十分響，反倒是那顆人頭落到地板上時，所發出的聲響傳出更大。

三槍齊發，那顆人頭才一從窗中飛進，便「砰」地一聲，跌在地板上。它跌到地板上之後，還在亂轉著，發出嗤嗤的聲響來，穆秀珍還想射擊，木蘭花忙道：「不必了！」

木蘭花一面說，一面已經疾拋起一隻空的帆布袋來，向那顆在地上轉動的人頭罩了下去，帆布袋恰好將那顆人頭罩住。

人頭被帆布袋罩住之後，仍然在轉動著，而且越轉越快，木蘭花一步一步向前走去，看樣子，她是準備隔著帆布袋，將那顆人頭接住。

這時，別說桑達已經嚇得面無人色，就是穆秀珍和安妮兩人，手中雖然握著槍，神色也不覺十分驚惶，因為眼前所發生的一切，實在太詭異了！

那顆人頭先在竹屋的外牆撞著，然後，又從窗口中飛了進來。

它之所以墜地，自然是因為三槍齊發，已將它射中了的緣故，可是，槍彈已射中了它，它卻還在地上亂轉。

在那樣的情形下，有勇氣敢過去將它按住的人，除了木蘭花之外，只怕也不太多了！

木蘭花小心地向前走著，在帆布袋覆罩下的那顆人頭，一直在旋轉著，發出一種尖銳的「嗤嗤」聲來，真像是厲鬼在受創之後的叫聲一樣——自然誰也未曾聽到過厲鬼受創之後的叫聲是怎樣的，但是一切鬼故事，不全是那麼形容的麼？

當木蘭花離那顆人頭越來越近之際，那顆在帆布袋覆罩下的人頭，突然向木蘭花的腳前滑了過來，木蘭花一舉腳，恰好踏在帆布袋上。

當她踏住了那顆人頭之際，她心中也不禁駭異莫名，因為那顆人頭，在她的腳下發出了一股相當強的力量，像是要掙扎一樣。

木蘭花一面用力踏著，一面抬起頭來，喝道：「秀珍，別站著不動，快拿一柄鐵鎚來！」

穆秀珍連忙轉過身，在另一隻帆布袋中翻找著，找到了一柄敲礦石樣本用的鐵鎚奔了過來，用力向著那人頭，隔著帆布袋，一鎚敲了下去。

那一鎚的力道十分大，木蘭花也在這時向旁閃了開去，她在向旁閃開之際，順手推了穆秀珍一下，令得穆秀珍也跌了開去。

而就在她們兩人退開之際，帆布袋下的那顆人頭，發出了一下爆裂的聲響，接著，便是一片輕微的金屬撞擊聲，再接著，就什麼聲響也沒有了。

房間中的四個人，都站立著不動，穆秀珍等三個人的目光，都集中在木蘭花的身上。

木蘭花沉默了片刻，深深地吸了一口氣，道：「好了，現在我們可以看看，所謂『飛頭降頭術』，究竟是什麼玩意兒了！」

穆秀珍心急，而且這時，帆布袋下已沒有了動靜，剛才一鎚敲下，又傳來一陣金屬的撞擊聲，好像那人頭已經被擊碎了一樣，是以她一聽得木蘭花那麼說，立時走了過去，一伸手，就將帆布袋抖了開來。

帆布袋抖開，所有的人都不禁呆住了，那隻人頭已經碎裂，有許多極其精巧的金屬零件，散在人頭的附近，穆秀珍伸手拾起了一片頭殼來，木蘭花道：「如果我沒有料錯，是玻璃纖維的！」

穆秀珍道：「不錯，不過……蘭花姐，你看這些零件，精巧得我也沒有見過！」

這句話出自穆秀珍的口中，和出自別人口中，意義自然不同，因為穆秀珍已經直接參加了雲氏工業系統的工作，而雲氏兄弟主持下的工業系統，在製造精密儀器方面，有著世界性的地位，穆秀珍不知見過多少精密小巧的科學製成品，包括幾個強國探索天空的最新型裝置在內，但是她卻也在讚嘆現在散落在地上的那些零件的精妙！

7 金廟奇佛

這時，連桑達也定過神來了，木蘭花、安妮、桑達一起圍了上去。

安妮搖著頭，咬著指甲道：「蘭花姐，這……究竟是什麼東西？」

木蘭花指著一部分裝置，道：「這是利用印刷電路原理，縮小製造的無線電波接受部分，你們看這個……」

木蘭花指著兩根細小的金屬管，連接著一個大約和二十ＣＣ的注射劑差不多大小的金屬瓶，她道：「這就是飛行動力的來源了，照這樣的情形看來，採用的竟是固體燃料。」

桑達失聲道：「這個人頭……是科學的產品，不是經過巫術詛咒而會飛行的死人？」

木蘭花緩緩站直了身子，道：「非但是科學的產品，而且是我們這個時代，最尖端的科學產品，它接受無線電的控制，利用固體燃料的噴射飛行原理，可以任意飛行，只不過它的外殼，卻是一個用玻璃纖維製造的人頭，和飛頭降頭術的傳說一對照，見到它的人，還有不相信巫術的可能麼？」

桑達呆呆地聽著，不住喃喃地道：「真想不到……真想不到。」

穆秀珍又拾起了一些零件來，道：「如果沒有高度的工業水準，是製不出這樣的產品來的，可惜我們無法和四風聯絡，不然，只要一問他，他一定可以知道那是什麼地方製造的了。」

木蘭花緩緩地道：「知道是什麼地方製造的，那也沒有用處，重要的是，是什麼人在使用這個東西！」

安妮道：「當然不是降頭師，降頭師只會巫術，如何會懂得利用這樣精巧的科學製品？」

木蘭花緊皺著眉，來回踱了幾步，突然，她停了下來，道：「利用這個飛行體的人，他的目的，是要所有的人都相信有降頭術的存在，我們想想，他達到了這個目的，又有什麼作用？」

安妮立時道：「那太簡單了，只要這裡的人深信有降頭術，那麼，就永遠受降頭師的控制，永遠落後，永遠不能開發！」

木蘭花的神情變得極其嚴肅，道：「所以，事情還是和降頭師有關，只不過這些降頭師，並不是我們以前所想的一樣，用巫術來作惡，他們利用的，是最先進的科學！」

穆秀珍陡地一震，道：「那麼，我們剛才見到的那個降頭師……」

木蘭花不等她把話講完，已然向她做了一個手勢，示意她不要出聲。

穆秀珍略停了一停，立時又憤然地道：「我去將他抓了來，只要問他就行了！」

木蘭花嘆了一聲，道：「只怕他早已走了！」

穆秀珍一個轉身，拉開了門，他們被帶進這間房來的時候，是看到那個降頭師走進對面房間去的，是以穆秀珍一拉開了門，立時穿過了那中間的一間，來到了對面的門前。

木蘭花低聲道：「秀珍，小心些，他們擅用毒藥，這是可以肯定的事！」

木蘭花一面說著，一面跟了過去，兩人分別站在門的旁邊，安妮的手中也握住了槍，對準了那扇門。

三個人互一點頭，穆秀珍倏地一個轉身，一腳向著那扇門踢了開去，身子立時又退了回來站定。

「砰」地一聲，那扇門被踢了開來，安妮立時喝道：「走出來！」

可是門內卻並沒有人答應，桑達拿起電筒，在安妮的身後，向屋內照去，那間房間內空空如也，根本就沒有人！

安妮向前走去，木蘭花和穆秀珍也閃身走進了那房間中，正如木蘭花所預料的，那降頭師已經不在了。整個房間中，全是稀奇古怪的東西，最多的是乾製的動物屍體，掛在牆上。

他們找了不多久，穆秀珍便拉開了一個抽屜，抽屜中，有一具小巧的水銀電池。

木蘭花望著那具水銀電池，道：「這是供無線電通訊儀用的，我看，那降頭師已經和他的上司聯絡過，然後才逃走的！」

桑達也走進了這間房間來，他的臉上現出了極度迷惑的神色來，道：「居然還有無線電聯絡，這些降頭師，他們究竟在幹些什麼事？」

木蘭花搖了搖頭，道：「他們究竟在幹什麼，現在還很難推測，但是有兩點，卻是可以肯定的，他們一定有一個極其嚴密的組織，我看所有的降頭師，一定全是這個組織中的人！」

木蘭花講到這裡，略頓了一頓，才又道：「這個組織，長期來，盡一切可能阻止皇后的開發計畫，一定是這一帶如果有大量的外人和資源湧進來，對他們來說，就極其不利！」

穆秀珍道：「那麼，他們究竟是在幹什麼？長期在這地圖上空白的蠻荒之地居住，又有什麼好處呢？」

木蘭花緩緩地道：「這正是我們要查的事，我想，那降頭師一定已發現我們毀去了那個飛行人頭，他自然是回總部去了，而他們的總部……」

木蘭花略停了一停，安妮便立時接口道：「一定就是三哥曾到過的那個金廟！」

木蘭花道：「是的，我也那麼想，不過，三哥和迪遜先生一定未曾看出什麼不對頭的地方來，不然，他一定會和我們講起的。」

穆秀珍道：「可是，三哥和迪遜先生死得那樣離奇，還有野豬坡的那些人……」

木蘭花吸了一口氣，道：「我剛才已經說過，這些人精於用毒，他們所用的各種毒藥，我看是土法提煉出來的，文明世界對於這種古老方法提煉的毒藥，所知極少，而由於世代相傳的緣故，有一些人，對這些毒藥的性質卻掌握得極其全面，其中有些毒藥，一定是慢性毒藥，對中毒的人而言，起初一點知覺也沒有，後來才漸漸地發作，三哥就是中了這樣的毒而死的。」

一直咬著指甲的安妮，放下了口中的手指，道：「蘭花姐，這就是所謂降頭術了，而使用這些毒藥的人，就是降頭師，是不是？」

木蘭花的神情相當嚴肅，道：「這是我的解釋，我相信離事實不會太遠。」

穆秀珍道：「這些人既然掌握著用毒的方法，那我們豈不是要加倍小心！」

木蘭花點頭道：「自然要加倍小心，但是，也用不著害怕，毒藥的神奇，加上幾百年來由於恐懼心理的渲染，不免有些誇大，我深信，毒藥除了由口中吞服，或是由毒針刺射之外，不會像傳說中無緣無故飛來的情形。而只要皮膚上沒有傷口的話，我想，就算沾到了有毒的東西，那也是不要緊的！」

穆秀珍聽了，立時說道：「可恨那降頭師，我們才來的時候，他還嚇我，如果碰到了這些東西就會死！」

穆秀珍一面說，一面伸手將牆上所掛的一隻穿山甲的樣本拉了下來。

桑達也說道：「這些東西，各個村子的村民，都相信它們經過降頭師的符咒，是可以避邪的，每逢集日，總是有人帶到市集上去賣，我看，也不要緊！」

穆秀珍已將那穿山甲的樣本拉了下來，在桌上用力拍著。

那穿山甲的標本，製作得十分簡陋，肚中的內臟已被取去，塞滿了乾草，被穆秀珍用力一拍之下，肚中的乾草都飛了出來。

木蘭花望著那穿山甲的標本，略呆了呆，穆秀珍已順手將之拋去，又拉下了一隻大山貓來，那大山貓的肚中，也一樣塞滿了乾草。

木蘭花道：「行了，天也快亮了，我們還面對著極其凶惡的敵人，要休息一下，我和桑達值夜，兩小時後再來叫你們！」

穆秀珍和安妮答應著，回到原來的房間中，木蘭花和桑達先在屋外轉了一轉，看看沒有什麼動靜，又一起回到了屋子中。

木蘭花道：「現在，所謂巫術總算已經解決了，你還害怕麼？」

桑達拍打著自己的頭，道：「真慚愧，我還算是受過高等教育的人！」

木蘭花道：「那怪不得你，誰碰見了一顆人頭在半空中飛來飛去，都難免害怕的。」

桑達又道：「蘭花小姐，現在我們的行動，敵人一定已經知道了，是不是還要向前去？」

木蘭花像是對這個問題根本不必考慮一樣，道：「當然，我們一定要繼續前去，找到那座金廟，看看這個組織，究竟在這裡幹什麼！」

桑達沒有再說什麼了，木蘭花向房間內四面張望了一下，穆秀珍和安妮已經在竹地板上睡著了。

木蘭花自然也一樣感到疲倦，但是在這樣的情形下，又不能沒有人守衛。

算起來，他們每一個人，能有兩小時睡眠，已經不錯了。木蘭花和桑達，每隔上十分鐘，便繞到屋外走上一次，一直沒有事情發生，直到兩小時之後，才將沉睡中的穆秀珍和安妮叫醒。

安妮擦著眼睛時，桑達已經疲倦得倚在屋角，坐在地板上，垂著頭，睡了過去。

木蘭花又小心囑咐了穆秀珍和安妮幾句，躺在竹地板上，伸直了身子，開始的時候，思潮起伏，還不容易睡得著，但是由於實在太疲倦，是以不一會兒也睡著了。

木蘭花不知自己睡了多少時候，她是被一陣十分鼓譟的喧鬧聲吵醒的，木蘭花一聽得有喧鬧聲，陡地睜開眼來，只見滿房間都是陽光。

一看到陽光，木蘭花就吃了一驚，因為她和穆秀珍講好的時間，是早上六點就叫醒她動身趕路，而從現在的陽光看來，至少有八九點鐘了！

穆秀珍絕不至於因為看到她睡得沉而不來叫她的，那麼，就是事情有了變化！

木蘭花一想到這一點，陡地跳了起來。

等到她跳起身來之後，她才發現，房間中只有她一個人，連桑達也不在了，而屋外的喧鬧聲，卻還在不住地傳了過來。

木蘭花這時心中的疑惑，真是難以形容，就算她的心思再縝密，推理的能力再強，急切之間，也無法知道發生了什麼事。

她連忙走到外間，屋子的門已然洞開著，許多土人正在屋子面前指手畫腳，大聲喧鬧著，木蘭花也聽不懂他們在講些什麼。

而就在那一剎間，屋外正在喧鬧的土人，突然靜了下來，本來，至少有一百個以上的土著，是聚在屋子門口的。

木蘭花正在考慮要不要衝出去，但這時，土人的喧鬧聲一靜，聚在屋門口的土人也紛紛散了開來，只見兩個人正向著屋子走了過來。

那兩個人，走在前面的一個，正是昨晚借宿時，引他們進屋來的那個降頭師。

跟在降頭師後面的一個人，身形很高大，穿著和降頭師同樣的衣服，那人的膚色雖然很黝黑，但是一看就知道，那是長時期烈日炙曬的結果，這個人，絕對不是當地的土著。

木蘭花站立著不動，這時候，她雖然還不知道發生了什麼事，但是至少可以知道，穆秀珍、安妮和桑達三人，一定已凶多吉少了！

木蘭花沉住了氣，站在門口不動。

那兩個人來到了門口，略停了一停，就走進來。

那降頭師進門之後，轉過身，向門外的土人叫了幾下，門外的那些土人，立時各自低著頭，散了開去。

那降頭師將門關上，轉過身來，在那短短的時間中，木蘭花一直和那人對望著，直到關上了門，那人才向木蘭花伸出手來，道：「木蘭花小姐，幸會，幸會！」

那人說的是十分純正的英語，木蘭花早就料到他不是當地土人，現在更可以肯定了。

木蘭花並不和他握手，只是冷冷地道：「有話就快說吧，別假客氣了！」

那人臉上仍然掛著笑容，道：「我的名字是梅斯，是總降頭師最主要的助手！」

木蘭花的聲音仍然冰冷，道：「那就是說，你在組織中的地位相當高！」

那位梅斯先生略呆了一呆，才道：「你真了不起，好像什麼事都瞞不過你，不過，蘭花小姐，你也疏忽了，你的同伴已經在我們的手中。」

木蘭花冷笑了一聲，道：「為什麼不將我一起擄了去？」

梅斯笑著道：「因為我們不想與任何人為敵，蘭花小姐，你要知道，如今世界各地都動盪不定，幾乎沒有一點安靜，我們只不過要苦心保護這一片安靜的樂土，不受外人侵擾而已！」

木蘭花冷笑一聲，道：「你們的苦心保護方法，就是不斷殺人？」

梅斯臉上現出了一股十分陰森的神情來，但是他略低頭向木蘭花的手看上一眼，又恢復了笑容，道：「蘭花小姐，你難道不奇怪，何以像你那樣機警的人物，都會睡過了頭？」

木蘭花對自己會在睡夢之中，聽不到任何聲息一事，本來就覺得十分奇怪，她這時一聽對方那樣說，自然明白了。

她冷冷地道：「你們只令我昏迷過去，居然不下手毒死我？」

梅斯又向木蘭花的手看了一眼，道：「這證明我們是和平而沒有惡意的。」

木蘭花見梅斯不住望著自己的手，心中陡地一動，她的手上戴著皇后送給她的那枚戒指，這或許就是他所不敢下手的原因了！

木蘭花「哈哈」笑了起來，道：「扮得倒像，不過我看，你們不下毒手，是怕皇后得知我們失蹤的消息，會調動軍隊進山來搜索，那時，你們的秘密便無法繼續保持下去了！」

梅斯的臉色變了一變，聲音也變得陰沉了許多，道：「蘭花小姐，你的三個同伴，現在已經在我們的總部了，我想你應該明白你們所處的形勢！」

木蘭花卻並沒有被梅斯的話嚇倒，只是冷冷地道：「那麼，你們就應該快將他們放出來。」

梅斯又奸笑了起來，道：「當然可以，不過要你們趕快回去，不再生事。」

木蘭花沉聲道：「要是我拒絕呢？」

梅斯發出了一陣極其怪異的笑聲，道：「蘭花小姐，請你看看你的右手臂臂彎！」

木蘭花嚇了一跳，連忙揚了揚手，她右臂的臂彎上，其實什麼也沒有，但是仔細看去，即可看到一個很小的針孔，還是紅色的，那一小點紅色，簡直就只和皮膚的毛孔同樣大小！

木蘭花心頭怦怦亂跳了起來，不論她如何防範，還是中了毒！

木蘭花不禁暗中責怪穆秀珍和安妮兩人，如果不是她們兩人防範疏忽的話，自然不會有這樣的事了！

梅斯又道：「你已經看到了？蘭花小姐，你是頂聰明的人。我想你一定知道那是怎麼一回事，毒在五天之後發作，而解藥，我們今天中午可以寄出，寄到你家中，你在五天內趕回去，還來得及，不然，只怕世上沒有什麼人能夠救你！」

木蘭花在那一剎間，心中亂到了頂點。

在她的冒險生活之中，不是沒有遭到困厄，她曾不止一次，落在窮凶惡極的匪徒手中，但是像現在那樣，被對方注射了致命的毒藥，毒性還慢慢發作的情形，卻是想也未曾想到過！

木蘭花自然不會天真到相信對方的話，已經寄出了解藥，只要一回家，體內毒藥的毒性就可以解去，她知道對方那樣說，只不過要她離去。

她如果急著回家，自然會再和皇后見面，自然也不會再想購買礦山的事，那麼，開發北部山區的事，就可能永遠被擱置下來。那麼，他們的目的已然達到，再加上自己的神秘死亡，誰還敢踏進這個神秘的地區來？

木蘭花一面想著，一面千百遍地告訴自己：要鎮定，要鎮定！

可是，她如今的處境，即使她一向遇事鎮定，心頭也不免著慌！

只不過木蘭花心頭雖然發慌，外表上是一點也看不出來的，她甚至微笑了一下，道：「你們真能將毒發的時間算得那麼準？」

梅斯像是對木蘭花竟然一點也沒有驚慌頗覺驚訝，他道：「不錯，我們絕對算得很準，蘭花小姐，你所中的毒，是從一種毛茛科的植物根部提煉出來的，那種極強烈植物鹼性的毒，能使你的中樞神經逐步麻醉，終至死亡。」

木蘭花吸了一口氣，道：「我明白了，雲三風和迪遜也是中了同樣的毒，這就是所謂神秘的降頭術！」

梅斯得意地笑了起來，道：「現在，你是沒有辦法和我們對抗的了！」

木蘭花一面在和梅斯說著話，一面心中在急速地盤算著，自己應該怎麼辦？她實在不知自己應該如何做才好，她只想到，第一步，至少應該先和穆秀珍、安妮、桑達三人會合！

而要和他們三個人會合，自然非要梅斯帶路不可！

她想到這裡，故意嘆了一口氣，裝出無可奈何的神情來，說道：「好，他們三個人呢，我要見他們！」

梅斯道：「當然可以，他們都十分倔強，或者你見了他們，他們會和你一樣，知道我們是無可抗拒的。」

木蘭花皺著眉，道：「或許是！」

梅斯向降頭師施了一個眼色，兩人一起到了門口。

降頭師推開了門，走了出去，梅斯等木蘭花出了門，才跟在木蘭花的後面。

他們三人，離開了那個村子，向外走出了百來碼，就看到有一輛車子，停在崎嶇的小路上。

那車子看來像是輕便的裝甲車，車輪上裝著履帶，木蘭花到了車旁，才道：「我們是到金廟去？」

梅斯道：「不錯。」

木蘭花指著那車子，道：「你們雖然以巫術作掩飾，但是倒懂得盡量利用科學！」

梅斯哈哈地笑了起來，神情顯得十分得意。

木蘭花上了車，車由那降頭師駕駛，向山中駛去，那裝有履帶的車子，竟可以迅速地駛上近五十度的斜坡，雖然山路極其顛簸，但是，車子的速度也十分快。

木蘭花好幾次想試著探問梅斯，他們這些人，在這裡究竟是幹什麼，但是她明知問了，梅斯也不會說的，是以又忍住了不出聲。

車子在山中行駛了約有四小時，經過不少村子，卻在村外駛了過去。

突然之間，車子駛上了一條斜路，那條斜路，顯然是人工開闢出來的，接著，車子駛上了一個山峰，又疾衝開下，駛進了一個峽谷。

才一駛進那古木參天的峽谷，便看到眼前陡地一變。

那是一個相當大的山谷，在對面的一片危崖之前，有著一座金色的廟宇。

那座金廟，並不太大，看來只有一個廟堂，但真正是全部塗金的！陽光照在上面，反射出極其強烈的光芒，幾乎連眼睛也睜不開來。

車子直來到金廟前停下，廟中走出了兩個人來，那兩個人竟是西方人，向梅斯略點了點頭，梅斯已經跳下了車子來。

木蘭花也下了車，跟著梅斯，進了金廟。

那座金廟，果然只有一個廟堂，供在廟堂正中的，是一個奇形怪狀的佛像，手中執著許多金塑的東西，身上爬滿了許多昆蟲和蛇，倒是神態如生。

梅斯道：「這就是降頭之神！」

木蘭花冷笑一聲，道：「你們利用了降頭神的金廟，倒真聰明得很！」

梅斯發出的笑聲十分古怪，木蘭花又道：「你們不但利用了降頭神的金廟，而且還利用了降頭師，形成一個嚴密的組織！」

梅斯的神色略變了變，他的神情，在通體純金的光芒反映下，看來變得十分古怪和陰森，他冷冷地道：「你太聰明了，蘭花小姐，一個女人太聰明了，絕不是什麼好事情！」

木蘭花若無其事地笑著，道：「當然不是好事情，至少，要中降頭毒而死！」

這時，木蘭花在外表上看來，還像是沒事人一樣，但是事實上，她心中的焦急，真是難以形容。

她已經中了毒，安妮、穆秀珍和桑達，自然也是一樣，而他們又是在這樣蠻荒的山區內，根本沒有什麼人可以幫她的忙。

木蘭花知道，所有的降頭毒藥全是有解藥的，可是解藥在什麼地方呢？降頭毒至少有好幾十種，就算她找到了對方放毒藥的地方，她也無所適從。

她一生之中，處境可以說從來也沒有如此失利過，她簡直一點辦法也沒有了。

而在這時候，她唯一可做的事，就是鎮定，只有在極度的鎮定之中，才能捕捉到稍縱即逝的機會。

在梅斯的帶領下，他們通過了廟堂，一共有兩條走廊通向後面，兩條走廊都不過二十呎長，走廊的兩側，也全是塗金的，有許多奇形怪狀的神像在牆上，看來有一種極其詭異之感。

那座金廟，就造在山崖之前，是以那兩條走廊，通到了二十呎，就到了盡頭。

梅斯帶著木蘭花，從左面的那一條走廊走了進去，不一會，就來到盡頭，可是梅斯才一到了盡頭，一扇暗門突然移了開來。

在那暗門之內，是另一條通道，那通道的兩旁全是石頭，看來是利用天然的山洞改造而成的，木蘭花早已料到，對方的巢穴一定在十分隱秘的地方，是以看到了也不驚奇。

他們在通道中，又前進了十多碼，到了另一扇門前，梅斯站定，道：「首領，木蘭花來了！」

在通道中行進的時候，木蘭花已然發現，這裡的一切，雖然全是倚著天然山洞的形勢築成的，但是一切現代化的設備，都是盡善盡美的。

這時，停在門前，木蘭花就見到有兩支電視攝像管對準著自己，梅斯的話才一講完，不銹鋼的門移開，木蘭花看到了一間寬大的房間，房間裡有一張極長的會議桌。

在會議桌的一端，對著門，有一張很高像是佛座一樣的椅子，那張椅子坐著一個身形相當魁梧的人，但是卻看不清那人的面貌，因為那人的臉上戴著一個塗金的大面具。

那隻大面具，形像猙獰，和廟堂中的那座神像，是一模一樣的。

木蘭花才走了進去，門便移上，梅斯也沒有進來。

那戴著面具的人，自面具孔洞中透出來的眼光，十分閃耀，道：「木蘭花小姐，久仰得很！」

木蘭花冷冷地道：「不錯，各地的犯罪分子，都知道我的名字！」

那人乾笑了幾聲，道：「請坐！」

木蘭花走前了兩步，和那人隔著至少有十八呎長的會議桌，各自坐在會議桌的一端。

那人的一隻手，在會議桌上輕輕敲著，木蘭花留意到，他的手上戴著一隻樣子十分奇特的金屬戒指，從那種光線來看，很像是硬度極高的合金鋼。

那人說道：「梅斯一定已對你講過你們的處境了？」

木蘭花緩緩地吸了一口氣，道：「是的，他們在哪裡？」

那人略停了一停，道：「你們三個外來的，可以離去，你們必須立即回家，不然，沒有人可以救你們，可是桑達，他必須死！」

木蘭花陡地一震，那人揚了揚手，突然手一沉，以他手上的那枚戒指，在會議桌上的一塊金屬板上，輕輕劃了一下，自牆中，立時有一具電視機自動移了出來。

木蘭花知道，他那隻金屬戒指上，一定有極其強烈的磁性感應，能操縱無線電控制的自動裝置。

在打下了那製作如此精巧的飛行人頭之後，木蘭花對這些倒也不怎麼驚奇了，可是，當她向電視的螢幕看去時，她卻不禁大吃了一驚。

那是另一間房間，她先看到了安妮和穆秀珍兩人，她們兩人坐著，神情驚恐，一起望著前面的一張椅子，桑達就坐在那張椅子上，頭向上仰起，面上的肌肉可怕地抽搐著，雙眼突出，已經死了！

木蘭花曾不止一次看到過那樣死相的死人，那計程車司機、勘察隊的人員，全是那樣死的！

木蘭花陡地吸了一口氣，那人已然道：「你看到了嗎？桑達已經死了！」

木蘭花憤怒得一時之間，說不出話來。

那人發出了一下很難聽的笑聲，道：「所以，你們還是照我的吩咐去做的好！」

木蘭花冷冷地道：「你會放我們生還？你不怕我們將你這裡的秘密說

出去？」

那人冷笑著道：「我想你不會那麼愚蠢，而且，連你們也幾乎死在這裡，還有什麼人再到這裡來？」

木蘭花又緩緩吸了一口氣，她知道，她料得一點也不錯，對方不要她們現在就死，是有作用的，對方要她們離開這裡之後，才毒發而死，那樣，「降頭術」的厲害。就真會使人心震了！

只要她們三人在離開這裡之後死去，那麼，以後可以說再也不會有人提起開發山區的事，他們在這裡，自然再安全也沒有了！

木蘭花這時，仍然不知道這些人在這裡，組織了降頭師，形成了一個嚴密的組織，究竟在做些什麼事，但是對方的心意，她卻已經料透了。

她裝成無可奈何地嘆了一聲，道：「好吧，我們立即離開，回家去！」

那人笑了起來，手中的戒指又在那塊金屬板上點了一下，道：「梅斯，帶那兩位小姐來這裡！」

那人講了之後不多久，就看到電視上的那間房間，房門被打了開來，梅斯和兩個人走進去，穆秀珍滿面怒容地站了起來。

梅斯像是講了一句什麼話，穆秀珍略呆了一呆，就和安妮，跟著梅斯一起走了出去，不一會，會議室的門打開，木蘭花轉過頭，穆秀珍和安妮已經一面叫著，一面疾奔了過來。

木蘭花扶住了她們，道：「我已經知道桑達死了，我們也都中了降頭毒，要立即回家去！」

穆秀珍道：「蘭花姐，我們正在屋外巡邏，忽然被人麻醉了過去，對方使用的是麻醉噴劑！」

木蘭花苦笑了一下，道：「這不必提了，我們除了回家之外，沒有別的生路，快走吧！」

安妮的心中雖然極亂，可是她聽得木蘭花只是要回去，心中也不禁奇怪，因為木蘭花從來不是那樣，向敵人屈服，向困難低頭的人。

但是，安妮卻只是想了一想，並沒有說什麼。

8 桑達計畫

那戴著面具的人站了起來，道：「木蘭花，你倒算是識時務，比迪遜和雲三風聰明得多了，他們兩人，用大量金錢買通了我的一個手下，居然被他們來到了金廟之中，自然，他們只不過見到了那座神像而已，他們還口出狂言，不信降頭術，他們都已經有了報應！」

木蘭花沉聲道：「這一切都不必再說了，你要借輛車給我們離去。」

那人道：「自然，我叫梅斯送你們出去！記得，立時回家，我已將解藥寄到你們家中去了！」

穆秀珍呆了一呆道：「你相信他？」

木蘭花無可奈何地攤了攤手，道：「除了相信他之外，我們別無選擇！」

那人又得意地笑了起來，向梅斯揮著手，梅斯也擺出一副勝利者的姿態來，道：「來，跟我走！」

穆秀珍怒容滿面，可是木蘭花卻在向外走去之際，在她的腰際輕碰了一下，穆秀珍略怔了一怔，也立時顯出了一副垂頭喪氣的神情來。

她們隨著梅斯，走過了通道，又來到了金廟中。

出了廟門，上了一輛有履帶的爬山車，向外駛去。

不一會，翻過了那山頭，回頭看去，金廟和那山谷全看不見了。

在車上，穆秀珍連連向木蘭花使眼色，木蘭花卻只是皺著眉，一動也不動，一直到車子開始下坡時，木蘭花才開口道：「梅斯先生，請你停一停。」

梅斯又向前駛了十幾碼，在一個比較平坦的斜坡上停了車，轉頭向木蘭花看來。

木蘭花微笑地望著他，道：「梅斯先生，你們的組織雖然嚴密，但是你們對敵人，卻未免太疏忽了！」

梅斯略為一呆，冷笑道：「你們三人要利用每一分鐘趕回去，才能繼續活著。」

木蘭花笑道：「如果你以為我們竟相信你已將解藥寄到了我們的家中，那未免太天真了！」

梅斯厲聲道：「你們想玩什麼花樣，自尋死路麼？」

穆秀珍哈哈笑了起來，道：「正因為我們不想死，所以才要玩點花樣。」

木蘭花道：「秀珍，你看我們該如何下手？」

穆秀珍道：「我們自然要得到解藥！」

梅斯現出驚恐之極的神色來，道：「你們在做夢！」

可是木蘭花、穆秀珍和安妮三人，卻像是梅斯這個人根本不存在一樣，只是自顧自的說話。

木蘭花道：「要得到解藥，真不是容易的事！」

安妮道：「我有辦法了，在那村子中，我們被注射了降頭毒，一定是梅斯先生下的手！」

梅斯手一探，已經握了一柄槍在手，他的動作不能說不快，可是木蘭花的動作比他更快，梅斯的手才向上一揚，木蘭花反手一掌，便疾切了下去，梅斯怪叫了一聲，槍已被木蘭花順手奪了過來，向外拋了開去。

梅斯身子一側，跳下了車，可是他才奔出了一步，穆秀珍已從車上直跳了起來，人還在半空之中，身子一橫，一腳踢出，正踢在梅斯的面門之上，踢得梅斯骨碌碌地向下滾了下去，撞在一塊大石之上。

穆秀珍已奔了過去，將梅斯提了起來。

梅斯一面喘著氣，口角流著血道：「你們……想死？」

穆秀珍也不理會他，將他提起來。

木蘭花道：「安妮，你的話好像沒說完？」

安妮道：「是啊，我想他身上，一定隨身帶著那種毒藥，我們也替他注射一下，他要是想活命，自然會帶著我們去找解藥了！」

木蘭花道：「不錯，正和我的想法一樣！」

梅斯一面掙扎著，一面尖叫道：「你們敢亂動降頭毒藥？」

穆秀珍冷笑道：「反正我們已經中了降頭毒，還有什麼可怕的？」

穆秀珍一面說，一面早已抓住了梅斯的衣服，用力一扯，「嘶」地一聲響，將梅斯上衣撕裂，自他的口袋中，跌出了一隻金屬盒子來。

那盒子不過像煙盒般大小，才一跌出來，梅斯抬腳便踏，可是安妮早已將之拾了起來。

穆秀珍將梅斯的雙臂扭向身後，安妮已經打開了那隻盒子來。

只見那盒中，一共有四格，都有一支小小的注射器，注射器中貯存著顏色不同的液體。

那時，梅斯的神色驚恐到了極點，全身都在發抖，木蘭花順手拿起了一支貯有藍色液體的注射器來，梅斯驚叫道：「不要這種！」

木蘭花冷冷地道：「這種可是一碰就死麼？」

梅斯急速地喘著氣，木蘭花又拿起了有淡紅色液體的那一支，梅斯神色灰敗，點了點頭。

木蘭花道：「應該注射多少？」

梅斯急道：「別注射，我帶你們去取解藥就是。」

木蘭花道：「可惜我們不信你！」

她一個「你」字才出口，針已刺進梅斯胸口的肌肉，慢慢地將那種淡紅色的液體注射進去，約莫注進了八分之一CC，梅斯已怪叫道：「夠了！」

可是木蘭花卻又注射多了一倍，才拔出針來。

穆秀珍鬆開了手，梅斯倒在地上，喘著氣，掙扎著站了起來。

木蘭花冷冷地道：「梅斯先生，你們太自信了，以為幾次神秘的死亡，一定已將我們嚇得絲毫也不敢反抗了，這是什麼毒藥？」

梅斯喘著氣，道：「是……山中獨有的一種斑紋蠍子的毒液……你替我注射得太多了，五小時以後，我……就會死！」

木蘭花道：「什麼東西可以解毒？」

梅斯道：「一種植物的根提煉出來的鹼性溶液，能夠中和這種酸性的奇毒。」

安妮道：「看來你倒像是個藥劑師！」

梅斯道：「我本來就是藥劑師！」

木蘭花道：「你們在這裡幹什麼？」

這一次，梅斯卻沒有回答，只是怪聲叫了起來，道：「快走！還不快走！」

木蘭花注視著梅斯胸前那個針孔，看出和自己臂彎上的一樣，她才冷笑一聲，將那隻金屬盒子放在袋中，道：「走！」

梅斯上了車，他的手在發著抖，以極高的速度向前駕駛，轉眼之間，已經翻過了山坡，直向下衝去，半小時後，已經可以看到那座金廟了。

木蘭花看到對面，有另一輛同樣的車子駛了過來，木蘭花忙道：「停車，我們不會再跟你進去，你命令他們將解藥取來！」

梅斯神色慘白，將車駛進了草叢中，木蘭花握槍在手，道：「出去！記得，我的槍口對準了你的後心！」

梅斯走了出去，那輛車駛到了近前，看到了梅斯，立時停車，樣子很恭敬，梅斯急叫道：「去取第三號解藥來！」

那兩個人一聽梅斯的吩咐，像是呆了一呆，站立望著，並不回答梅斯的話。

穆秀珍在草叢中，緊緊握著拳，以極低的聲音道：「蘭花姐，我們能成功麼？」

木蘭花十分有把握地道：「一定會成功的，因為他們太自信了，太過自信的敵人，是最容易對付的敵人！」

她們兩人才說了幾句，就聽得梅斯怒喝道：「呆在這裡做什麼，還不快去拿來！」

那兩個人嚇了一大跳，連聲道：「是！是！」

他們一面答應著，一面忙不迭上了車，掉轉車頭，向回路駛去。

梅斯吸了一口氣，轉回身來，木蘭花立時走了出來，她的手中仍然握著槍，冷冷地道：「梅斯先生，總算你肯見機和我們合作！」

梅斯神色不定，慢慢向前走來，當他走出了幾步之後，他忽然強笑了一下，道：「蘭花小姐，你有這樣的才幹，其實可以和我們好好合作！」

穆秀珍在梅斯的身後出現，冷笑了一聲，道：「你這個提議，本來倒不錯，可惜遲了，好久以前，黑龍黨就曾邀我們合作，你知道麼，黑龍黨的首領，甚至是一個國家的總理！」

梅斯笑了起來，這一次，笑得倒是很自然，而且還有一種驕傲之感，他道：「當然我聽說過黑龍黨，可是我們的組織比它更安全，掌握著更大的財富，我們的首領，是一位將軍！」

木蘭花和穆秀珍互望了一眼，心中都有說不出的疑惑，因為她們始終想不透，在這種荒山野嶺的地方，一個嚴密的組織，究竟在幹什麼！

木蘭花也曾經向梅斯問過，但是梅斯卻並沒有確實的答覆，而如今，聽梅斯的口氣，他們在這裡所做的事，一定不是小事！

當木蘭花和穆秀珍在沉吟間，梅斯道：「怎麼樣，要不要再和我去見見首領，我在組織中的地位十分高，首領會聽我的話的！」

木蘭花本來的打算，只不過是在得到了解藥之後，先回到首都，和皇后見了面，將這裡的情形，對皇后作一個報告，再作打算，並沒有想到對梅斯採取什麼行動。

但是現在，木蘭花的打算卻已經改變！

她隱隱覺得這件事，所牽扯的範圍之大，遠在自己的想像之上！

梅斯已經露了口風，說他們的首領是一位將軍，這已經證明，這個組織並不是一個普通的犯罪組織了。

而如果這位將軍，就是這個國家的現役將軍的話，那麼，這件事如果處理得不好，就會使這個國家引起天翻地覆的政治暗潮！

木蘭花的新主意是：必須將梅斯帶走！

因為如果這個組織的首領，是一位極有實權的現役將軍，那麼，梅斯作為他的得力助手，自然也有相當特殊的地位。

木蘭花已然預料到這件事演變下去，可能會越來越擴大，那麼，皇后如果得到了梅斯，那麼在以後的鬥爭中，就會站在有利的地位了。

木蘭花對於任何政治權力鬥爭，都絕無興趣，但是她卻十分贊成皇后開發山區，將文明帶進蠻荒的計畫，是以她自然站在皇后的那一邊。

梅斯卻不知道木蘭花在想什麼，他見到木蘭花沉吟不語，又道：「蘭花小姐，如果你加入了我們的組織，你一定可以有極高的職位，而且，我看以你的才能而論，還可以使我們首領獲得更高的地位！」

木蘭花心中暗吃了一驚，裝成不經意地道：「你剛才不是說，你們的首領已經是一位將軍了麼？還能有什麼再高的地位？」

梅斯卻沒有回答木蘭花的這個問題，只是詭詐地笑了起來。

木蘭花吸了一口氣道：「這件事，現在來討論，未免太早了些，等我們得了解藥再說吧！」

梅斯像是十分高興，連連道：「好！好！」

而穆秀珍和安妮卻不知道木蘭花心中在想些什麼，都疑惑地望著木蘭花。

不到半小時，剛才離去的兩人，又駕車回來了，木蘭花、穆秀珍和安妮三人，仍然躲在矮樹後。

梅斯在那兩人的手中，接過了一隻盒子，揮手道：「你們原來有什麼任務，只管去進行！」

兩人答應著，駕了車去，梅斯拿著盒子走近來，穆秀珍一步竄出去，自他的手中將盒子搶了過來，打開一看，盒中是一枚針劑。

梅斯忙道：「你們每人注射三CC就夠了，而我卻要加倍。」

安妮已經拿起了注射器來，先替木蘭花和穆秀珍注射解藥，然後又由穆秀珍替她注射了解藥，梅斯的神情很急，直到木蘭花也替他注射了解藥，他才大大地鬆了一口氣。

梅斯搓揉著針口，說道：「剛才我們討論的問題……」

木蘭花道：「是啊，現在該有一個結論了！」

木蘭花話才出口，一抬手，「嗤」地一聲，一支麻醉針已然射中了梅斯，梅斯睜大了雙眼，只不過呆了幾秒鐘就昏了過去。

木蘭花和穆秀珍將梅斯抬上了車。

她們三人也全上了車，安妮駕著車，木蘭花道：「我們不能循他們的道路走，那樣會遇到他們的人，我們只要認定了方向，反正這種車子的性能十分好，總可以到目的地的！」

安妮點著頭。

穆秀珍道：「見到他們，又怕什麼？」

木蘭花搖著頭：「我們該做的事情，到現在為止了，你沒有聽到梅斯說，這個組織的首領是一個將軍，而且這個將軍，還想爬上更高的位置去！」

安妮一面駕著車子一面道：「他想做皇帝？」

木蘭花道：「當然是，所以我們現在要做的事，是盡快將梅斯送到皇后手中，讓她去對付反叛集團，事情便與我們無關了！」

穆秀珍雖然點著頭，但仍然恨恨地道：「便宜了那幫放毒使妖法的傢伙啦！」

車子衝下了一個陡削的山坡，認定了方向，向前駛著，所經過的地方，荒涼得簡直難以形容。

不多久，車子又駛上了一個高坡，穆秀珍忽然叫了起來，道：「蘭花姐，你看！」

這時，根本不待穆秀珍叫嚷，木蘭花和安妮兩人也已經看到了！

那山頭下面，是一個山谷，山谷底部，是一片平原，在那片平原上，開滿了鮮花，花色是鮮紅的，花朵的近花心部分則是深黑色，在陽光下面看來，那一片至少有一百英畝的花朵，真是豔麗無比！

安妮愕然停下了車子，失聲道：「罌粟花！」

木蘭花深深地吸了一口氣，道：「我明白了，這裡，正是世界最大的毒品原產地之一，被稱為『金色三角』的地區，他們在這裡每一塊可以利用的大地上種植罌粟花，然後製成海洛英，再利用每一個村子的降頭師聯絡運輸！」

穆秀珍也道：「蘭花姐，記得那個降頭師家中的那些動物標本麼？」

安妮道：「海洛英一定是放在動物的肚子中運出去的，蘭花姐，我們怎麼辦？」

木蘭花道：「像這樣遍植罌粟的土地，在這個山區之中不知有多少，這不是我們的力量所能對付的，只好看皇后有沒有這個魄力了，我們繼續走吧！」

安妮又駕著車，向前駛去。

她們在天色將晚時分，回到了野豬坡，總管大臣和其他幾個人，正焦急得難以言喻，木蘭花一到，就乘坐直升機，直飛首都。

木蘭花、穆秀珍在接受了詳細的身體檢查，證明了絕無生命危險之後，回到了家中。

在回家之前，她們曾和皇后，以及這個國家的重要人物，開了一夜的緊急會議。

在她們回家後的第三天，世界各通訊社就爭相報導了這個國家，一個素掌大權的將軍被免職拘捕的消息，在被捕者的名單中，有梅斯的名字，梅斯的軍銜是上校，是這個將軍的參謀長。

緊接著，這個國家就發表了開發北部山區的計劃，公佈和外國技術合作。首先建造公路，通向山區，開發森林，建造新的城市。

所有有關這個國家的新聞之中，自然就有木蘭花、穆秀珍和安妮的名字。

但是，卻也有桑達的名字，整個計畫，就被稱為「桑達計畫」。據該國的解釋：那是為了紀念一位忠勇愛國而犧牲的人，他的名字叫桑達。這自然也是木蘭花的提議。

木蘭花的提議還有很多，包括在空中噴射毒劑，消滅罌粟花在內。

又過了一個月，雲四風和穆秀珍帶著大批技術人員，再次飛往那個國家，簽訂技術合作計畫，木蘭花沒有一起去，而雲四風、穆秀珍當日便蒙皇后召見，並且共進晚餐。

一般新聞記者都表示不勝訝異，不知道何以如此隆重，但木蘭花和安妮是知道其中原因的，穆秀珍自然該受到如此隆重的禮遇，那是她幾乎犧牲了生命換來的！

木蘭花在那幾天中。幾乎每天都在研究那一區的地圖，她對安妮道：「我們發現的罌粟種植地，只不過是『金色三角』的一小部分，在那一帶，幾個交界的地區，不知還有多少毒品源源不絕地出產，毒害世人！」

當她講到這裡的時候，安妮卻不禁跟著她，深深地嘆了一口氣！

陷阱

1 連環謀殺

黑夜。

郊區三號的公路上，突然傳來一陣尖銳刺耳的警車聲，一輛警車和一輛救護車，以極高的速度，越過了正在公路上行駛的許多車輛，疾駛向前。

這時，已是初秋時分，公路兩旁的大樹，黃葉紛落，當車輛疾駛而過之際，路上的落葉全被捲了起來，在路面上打著轉。

警車和救護車駛到一條岔路口，停了下來。

那裡已圍著不少人，也停著不少車輛，警車才一停，車頭燈照耀下，就看到一輛小型的貨客兩用車的車門打開著，有一個人，半伏在車廂內。

那人顯然已經受了傷，他穿著一身藍色的制服，鮮血自他的後腦流出，將他的上衣濕了一大片。

救護人員和警員一起下了車，走近出事的車子，圍觀的閒人大都散了開來，一位警官來到傷者身前，兩個救護人員已抬著擔架，奔了過來。

傷者被抬上擔架，警官大聲道：「是哪一位報的警？」

一個中年人應聲道：「我，我駕車回家，看到全部事情的經過。」

警官道：「請告訴我。」

那中年人道：「這輛車子駛到這裡，突然有另一輛車駛出來截住了他，接著，有兩個人跳下車來，受傷的是司機，在他的身邊，還坐著一個人，傷者立時下車，可是連說話的機會都沒有，那兩個人就向傷者襲擊，將他打倒了！」

警官皺了皺眉，一面聽，一面不住在一本小本子上記下那中年人所說的話，這時，他問道：「你說在司機位的旁邊，還有一個人？」

那中年人道：「是的！那個人一直坐著不動，那兩個人打倒了司機，就拉開另一邊的車門，將那個人自車上拖下來，拖進了他們自己的車子，駛走了。」

警官略停了一停，根據目擊者的描述，那分明是一件綁架案了，綁架案是嚴重的案件，他必須立即向上司報告，才合規矩。

那時，傷者已經被抬上了救護車，先駛走了。

那警官回到了警車旁邊，拿起了無線電話，說道：「十二號巡邏車報告，請楊科長聽電話，有嚴重的案件！」

在警局，高翔的辦公室中，高翔還沒有離開，他正和幾個高級警官在開會，楊科長也在，現場警官的電話，被轉接到高翔的辦公室中。

高翔拿起電話來聽了聽，就交給了楊科長，楊科長一面聽著，一面道：「好，我們立即派人來。」

楊科長是「嚴重刑事案件調查科」的科長，他放下電話，就向高翔道：「主任，三號公路上，有人截住了一輛小型客貨車，架走了一個人，我要去調查。」

高翔點了點頭，道：「好，調查報告如果有必要的話，明天一早給我。」

楊科長笑應了一聲，立時走了出去。

等到楊科長帶著幾個探員，來到了三號公路的那個岔路口時，那位警官也已經發現那輛客貨車的車身上，漆著「弱能人士救助療養院」幾個大字。

楊科長一到，又聽那目擊證人將經過講了一遍，就直赴那間療養院，去做進一步調查。

現在留守著幾個警員，證人和其他人都離去了，看來，這件事已告一段落了。

高翔作為警方的特別工作室主任，每天要處理的事，不知有多少，是以楊科長去調查有人被擄架的那種事，他並沒有放在心上。

他向其他幾位警官交代過工作，也就駕車，回到了家中。

當他走進自己的住所之際，木蘭花迎了出來，高翔走過去，在木蘭花的頰邊輕輕吻了一下，道：「安妮呢，在幹什麼？」

木蘭花笑道：「看來，她真是書迷！」

高翔伸了一個懶腰，坐了下來，他才坐下不久，電話鈴就響了起來。電話就在高翔的身邊，高翔拿起電話來，就聽到了楊科長的聲音，道：「是高主任麼？我調查的這件事，覺得有立即向你報告的必要！」

高翔呆了一呆，道：「請說。」

楊科長道：「我現在在一間『弱能人士救助院』的院長辦公室中。」

高翔自然知道「弱能人士」是什麼意思，通俗地說，就是白癡，智力發展不完全的人！

高翔不禁皺了皺眉，道：「你不是去調查一件擄人案的麼？」

楊科長苦笑了一下，道：「不錯，我已經查明，被歹徒擊昏過去的，是救助院的一個工作人員，而被擄走的，是一個白癡。」

高翔聽了，不禁笑了起來，說道：「楊科長，你不會是弄錯了吧，歹徒擄走了一個白癡，有什麼用？」

楊科長急急地道：「不，沒有弄錯！」

木蘭花正推著酒車，向高翔走過來，聽得高翔那樣說，她伸手向几上的電話擴音器指了一指，高翔忙將電話放上去，那樣一來，木蘭花也可以聽到楊科長的聲音了。

楊科長繼續道：「正因為事情奇怪，所以我才向你報告的，那位工作人員叫黃江，他負責雜務和司機工作，他有一項每天固定的工作，就是在晚上七點，到一家工廠，去接一個白癡回救助院，那白癡是在那家工廠工作的，早上也由他送去，出事的時間，正是他回救助院的時間，目擊證人說，車中除了司機之外，只有一個人，那個人自然就是那個白癡，而兩個歹徒將他劫走了！」

高翔搖著頭，道：「我看，只怕是歹徒弄錯了，當歹徒發現自己綁走了一個白癡，自然會將之放出來的，不必大驚小怪。」

楊科長略呆了一呆，才道：「是，黃江受了襲擊，還在醫院裡，我到醫院去看他。」

高翔道：「好的，再通知所有的巡邏警員，白癡的智力很低，被歹徒放了出來之後，可能不會回家，要勞動警員送他回去。」

楊科長又答應了一聲，才道：「還有一件事，那個白癡工作的工廠，是雲氏工業系統屬下的一間光學玻璃工廠。」

高翔仍然沒有放在心上，只是冷淡地說道：「知道了！」

他放回電話，安妮也已從樓上走了下來，高翔笑道：「奇怪，工廠要白癡來幹什麼？」

木蘭花替高翔斟了一杯酒，道：「現代工業，由於操作程序精密分工的緣故，有些程序極其簡單，每天不變，但是需要操作多次，神經和智力正常的人，做這種工作久了，就會覺得單調和無聊，弱能的人，卻正好適應這種簡單的工作！」

高翔「嗯」地一聲，道：「我也聽說過那間救助院，那是一群善心人士組織的，他們的宗旨，是幫助低能的人，使他們也能工作，他們也收留了不少弱能兒童。」

安妮一直在旁聽著，這時才說道：「高翔哥，要不要打個電話問一問秀珍姐，關於那白癡的情形。」

安妮以前由於小兒麻痺症，根本不能行走，後來在非洲腹地中了獵頭族人的毒箭，毒藥刺激神經中樞，反使她無意中復原了，但是對於身體有缺陷的人，她還是異常同情的。

高翔笑道：「雲氏工業系統中，有幾千個工人，那白癡所擔任的，又是最簡單的工作，他們怎麼會知道？我看需要研究的，倒是歹徒原來需要擄劫的什麼人！」

木蘭花忽然說道：「我看，歹徒絕不會擄錯人的。」

高翔呆了一呆，抬起了頭，道：「你何以那麼肯定？」

木蘭花道：「楊科長沒有和傷者見過面，就找到了那間救助院，由此可知那輛車子的車身上，一定有著救助院的標記，歹徒行事，看來是經過周密的計劃，如何會那樣粗心？」

安妮和高翔齊聲問道：「那麼，劫走了一個白癡，有什麼用？」

木蘭花笑了起來，道：「我怎麼知道？」

高翔沉默了片刻，道：「糟糕，楊科長沒說他到哪一家醫院去了，聯絡不上！」

木蘭花道：「別心急，楊科長要是有了發現，一定會再向你報告的。」

高翔一口喝乾了酒，站起身來，他才站起來，電話鈴又響了，高翔呆了一呆。

安妮道：「不會是楊科長吧，他那麼快就到醫院了？」

木蘭花拿起了電話來，放在擴音的裝置上，一個十分著急的聲音傳了出來，說道：「高主任在麼？」

高翔道：「我就是！」

那聲音道：「我是駐市立第一醫院的警員，醫院裡發生了謀殺案，一個被人打傷的司機，在病房裡被人槍殺了，兇手已經逃走。」

高翔手中還拿著酒杯，他五指因為神經緊張，不由自主緊了一緊，酒杯「啪」地一聲碎裂開來。

高翔也沒有在意，急忙說道：「死者叫什麼名字？」

那警員報告道：「叫黃江，是楊科長派人送來的。」

高翔陡地吸了一口氣，道：「我立即來，楊科長也快到了，要是楊科長先到，你叫他等我！」

那警員答應著，高翔的神色變得十分難看，望著木蘭花不說話。

木蘭花攤了攤手，道：「我只不過估中了歹徒不是綁架錯了，你也不必這樣望著我！」

高翔吸了一口氣，道：「蘭花，黃江的死，自然和那個白癡被擄劫有關，為了一個白癡，竟然謀殺，究竟是為了什麼？」

木蘭花的神情也變得十分嚴肅，她道：「當然，在這一連串罪行之後，還有更嚴重的事隱藏著，光憑估計是沒有用的，我們要去調查！」

高翔一聲不出，立時向外走去，他到了門邊，木蘭花才道：「等一等。」

高翔站定了身子，木蘭花道：「剛才，聽楊科長的電話，有一個看到全部事情經過的目擊證人，這個證人的安全可能也有問題！」

高翔點點頭道：「是的，但是我不知道這個證人的住址，等一會兒見到楊科長，就立時派人去保護他！」

木蘭花又叮囑了一句，道：「越快越好。」

高翔也知道，黃江沒有死，凶手能趕到醫院去將他槍殺。那麼，那位目擊證人的處境，定然更加危險，木蘭花倒也不是杞人憂天。

高翔匆匆走了出去之後，安妮道：「蘭花姐，我們可以做些什麼？」

木蘭花皺著眉，道：「到目前為止，事情還全在警方的工作範圍之內，警方可以應付得了！」

她講到這裡，頓了一頓，道：「也好，你不妨向四風問一問那白癡的情形。」

安妮忙撥著電話，電話通了之後不多久，就聽到穆秀珍的聲音，安妮立時叫道：「秀珍姐……」

穆秀珍還未曾講話，就笑了起來，道：「小安妮，有什麼急事？」

安妮也笑了起來，道：「向你打聽一個人，四風哥的一家光學玻璃工廠中，有一個白癡工人，是不是？」

穆秀珍停了半晌，道：「我不知道這回事，等我問問四風！」

接著，便聽到穆秀珍大聲叫雲四風，雲四風的聲音響了起來，道：「白癡工人？是的，有一個，是我們向一間弱能人士救助院要來的，他擔任一項普通人做上一天就會厭煩的工作，你為什會問起他來的？」

安妮道：「他被綁架了。」

雲四風陡地一呆，隨即哈哈大笑，道：「被人綁架，誰會綁架一個連姓名也沒有，只有五歲兒童智力的白癡，而且，他每天來回工廠，都有專人接送，你別和我開玩笑了！」

安妮著急道：「四風哥，一點也不是開玩笑，那個負責接送白癡的人，先是被人打傷，送到醫院裡，又被人槍殺了，全是真的。」

雲四風在電話中叫道：「秀珍，你來聽，真是什麼樣的奇事全有！」

電話中傳來穆秀珍的聲音，道：「什麼奇事，快說給我聽。」

他們兩夫妻在大聲叫嚷，木蘭花已將電話自安妮的手中接了過來，道：「四風，你們僱用這個白癡，自然有他的資料，你能通知有關人員，將這個白癡的資料，立時替我送來麼？」

雲四風道：「可以的。」

木蘭花道：「好的，事情如果進一步發展，我會通知你的。我想你也應該做一些事，例如，通知工業系統中的保安組織，特別對那白癡擔任的工作部門，加強保安工作。」

雲四風道：「那白癡擔任的工作，其實是一點秘密也沒有的！」

木蘭花問道：「他究竟擔任什麼工作？」

雲四風說道：「他是負責將琢磨好的三稜鏡，放進自動檢查儀，去檢查平面是不是絕對符合標準！」

木蘭花又問道：「為什麼你們要特地找一個白癡負責這個工作？」

雲四風解釋道：「儀器是自動檢查的，符合標準，就亮綠燈，不合標準，就亮紅燈，自然是亮綠燈的次數多，由於太單調了，中間有一次亮紅燈，普通人反會疏忽過去，以前的幾個人都出過錯，這個白癡倒很勝任，因為他的頭腦簡單，普通人不注意的小變化，他卻當作大事來看待。」

木蘭花道：「原來是那樣，高翔到醫院去了，等他回來時再聯絡吧！」

木蘭花放下電話，沉思著，安妮望定了她，也一聲不響。

她們都感到這一件事，神秘得有點超乎情理之外，一個白癡，歹徒綁架他，有什麼目的呢？

高翔在醫院的門口停了車，急急走進去。

楊科長還沒有到，但是已有好些警員在，一個警官迎著高翔走了過來，和高翔會合之後，就道：「主任，死者還在他病床上。」

高翔向前走去，進了病房。

病房中原來還有幾個病人在，這時，只有一個已快痊癒可以出院的在，其餘的全搬走了。在一張病床上，用白床單蓋著一個人。

高翔來到了那張病床之前，掀開了白床單，死者的太陽穴中槍，槍彈是貼近太陽穴發射的，死者的樣子很普通。

高翔又將白床單蓋上，轉過頭來，道：「事情發生時，有多少人在病房中？」

那警官道：「人很多，凶手是穿著醫生的白罩袍走進來的，使用有滅音器的手槍，完全沒有人注意到，直到凶手離去之後，一位護士才發現死者中槍死了。」

高翔道：「將留在死者頭部的子彈取出來，小心化驗！」

他又向當時在場的護士和那病人問了幾句話，問不出什麼來，凶手進來和出去，全然未曾引人注意，那病人只覺得有一個戴著大口罩的人，走近過死者，自然也說不上凶手的容貌來。

就在這時，楊科長也到了。

楊科長直到了醫院，才知道事情已經節外生枝，黃江被謀殺了，不等高翔開口，他立時想起了那個目擊證人來，失聲道：「主任，照這樣，那證人……」

高翔不等他說完，便道：「快打電話通知他小心，我們立時就去！」

楊科長忙取出了一本小記事冊來，走到醫生的休息室去打電話。

高翔跟在後面，電話響了幾下，就有人接聽，楊科長的聲音很緊張，道：「我是警方的楊科長，王克先生在不在，請他聽電話。」

電話那邊道：「我就是王克，有什麼事？」

楊科長鬆了一口氣，道：「我們會立刻到你這裡來，你千萬要小心，不能讓陌生人進來！」

王克笑道：「為什麼那樣緊張？我根本未曾看清那個歹徒的樣貌，也記不得他們車子的號碼。」

楊科長道：「可是歹徒卻不知道！」

楊科長放下了電話，就和高翔一起離開了醫院，上了高翔的車子，直向郊外駛去，駛過出事地點時，略停了幾分鐘。

那輛客貨車仍然由那警員守著，高翔看了車身上所漆的那行大字，想起自己一聽到有白癡被人綁架，便立即認為那是歹徒認錯人，不禁苦笑起來。

繼續向前駛，楊科長指著一條叉路，道：「救助院就是由這條路去，那位證人王克，是一個單身漢，職業是股票經紀，快到他家了。」

車子在幾分鐘之後，就停在一幢小洋房之前，楊科長下了車，按了門鈴。那幢房子很小，但是對於一個單身漢來說，也算是很豪華的享受了。

在鐵門內，是一片小小的草地，房子的二樓，有著燈光，可是，楊科長按了足有一分鐘之久，卻沒有人來應門。

高翔雙手抓住了鐵門，迅速攀了進去。

他才一攀進鐵門，二樓的燈光就熄了，高翔略呆了一呆，疾衝向前，移開玻璃門，進了客廳，客廳中很暗，可是高翔才一進去，就看到樓梯上，有一條黑影，向下疾奔了下來。

向下奔下來的黑影，行動極其迅速，高翔立時喝道：「站住！」

他一面呼喝著，一面身子陡地伏到了地上。也就在那一瞬間，「啪」的一聲響，緊接著，便是高翔身後，玻璃門的大玻璃驚人的破裂聲。

高翔一個翻身，翻到了一張沙發之後，也立時握了槍在手。

可是就在那一耽擱間，那人已經疾閃進了通向廚房的門，高翔和他相距約莫有十來呎，他連射了兩槍，他的槍所發出的槍聲，極其驚人，和對方的槍，只發出「啪」地一下輕微的聲響，完全不能相比。

當高翔射擊，槍聲響起時，廚房中也發出了一陣乒乓的聲響，那顯然是那人的行動太惶急，以致撞翻了廚房中的一些東西。

這時，楊科長也已經攀過了鐵門，向屋內奔來，楊科長在奔進屋子之前，就發現屋角處，有一條很大的狼狗，不過已經死了。

等楊科長衝進屋子時，高翔已經衝進了廚房，但是高翔沒有看到那人，等高翔也奔出了廚房時，後牆外，傳來了一陣摩托車的聲音。

高翔還未及攀出後牆去，摩托車已經迅速地駛遠，高翔只看到，有一個人伏在摩托車上，以每小時接近一百哩的高速，從小路上了公路，轉眼之間，就沒入黑暗之中，高翔轉過身，楊科長也奔出了廚房。

高翔叫道：「快，快到樓上去！」

他們兩人衝到了二樓，二樓有好幾間房間，他們踢開了兩間門。著亮了燈，並沒有什麼發現，但是，當踢開了第三間房間的門時，卻看到王克。

王克已換了睡衣，躺在床上，血自他的太陽穴上一個烏溜溜的深洞中流出來，大半隻枕頭已經被血浸透了。

王克睜著眼，臉上的神情，是一片疑惑。

高翔一看到這等情形，重重地一頓足，緊握著拳，心中極其憤怒。

楊科長走上去，將死者的眼皮合攏，苦笑著，道：「真可惜，我們來遲了一步！」

高翔深深吸了一口氣，道：「老楊，你聽到槍聲了嗎？」

楊科長說道：「沒有，我只聽到玻璃的破裂聲響。」

高翔苦笑了一下，道：「凶手所使用的滅音器，效能十分高，這絕不是普通人用的。」

楊科長一時之間，也不明白高翔那樣說，是什麼意思，他轉過身，拿起電話來。

高翔直到凌晨二時，才回到家中。

他的精神頹喪之極，因為事情一上來，看來只是一種誤會，但是在短短的幾小時之內，便發生了如此嚴重的變化，而凶手的行事，又是如此迅疾！

高翔在王克的屋子中，已經和凶手照了面，可是仍然被凶手走脫，公路上的巡邏車，也絕沒有關於那輛摩托車的報告，對方的行事，自然全是經過周密計劃的，而以如此周密的計劃，來綁架一個白癡，這不是太不可思議了麼？

當高翔低著頭，走進屋子時，意外地發現雲四風和穆秀珍全在，安妮雖然在連連打呵欠，仍然和木蘭花他們圍桌而坐。

桌上放著幾張紙，木蘭花正在看著其中的一張照片。

高翔才一走進來，木蘭花就道：「我問過值夜警官，已經知道了發生的事情。」

高翔嘆了一聲，拉過一張椅子，坐了下來。

木蘭花將照片遞給高翔，道：「看，這就是那個白癡。」

高翔看了看照片，又伸手在自己的臉上擦了一下。那張照片，一點也沒有什麼出奇，一看就知道是白癡，不是白癡，絕不會有一雙如此發呆，乍看像是死魚眼睛一樣的眼睛。

木蘭花又道：「據四風說，一點也沒有什麼異樣，他的來歷，也沒有人知道，他是在一個月之前，在街上遊蕩，被警員發現，送到救助院去的，他的智力，經過測驗，相當於五歲的兒童，他是先天性的白癡，也就是說，一出生就是白癡。」

高翔有點不耐煩，道：「那有什麼意義？不論他是什麼類型的白癡，要他來有什麼用？」

木蘭花沉聲道：「高翔，這件事，唯一的線索，就是徹底研究這個白癡！」

高翔苦笑著，道：「我不是不想研究，你可能還不知道，當我走進王克的屋子時，曾經見到凶手，凶手使用的槍，有效能極高的滅音器！」

木蘭花的眉心打著結，雙手按著桌子，站了起來，道：「明天我們再到救助院去，據檢驗的結果，他已經有三十歲了，一個三十歲的白癡，是不會突然出現的，在廣泛的調查下，我們或者可以知道他的來歷，四風，為什麼工廠中的人，在幾百個白癡中撿了這一個？」

雲四風道：「工廠的管工曾向我報告過，他說他去的時候，其餘的白癡，都有一種癡呆之感，而這個白癡，通過了幾項測驗，一切都極有規律，事實證明，對這種簡單的工作，他也很稱職。」

木蘭花像是自言自語，道：「真奇怪，一個突然出現的白癡，難道他沒有家人……」

木蘭花講到這裡，突然提高了聲音，道：「高翔，你要記得，明天我們到救助院去的時候，別忘記問最早帶他到救助院時，他身上穿的衣服。」

高翔一直皺著眉，道：「四風，秀珍，你們白天事忙，該休息了！」

雲四風和穆秀珍看出高翔的心情不好，所以他們只是安慰了高翔幾句，就告辭而去。

穆秀珍在臨走之前，又招手將安妮召過去，低聲道：「安妮，事情一有變化，就通知我！」

安妮道：「一定做到。」

穆秀珍和雲四風離去之後，木蘭花道：「高翔，你就算捉到了那個凶手，只怕對整件事也毫無幫助，他不會供給什麼消息的！」

高翔有點不服氣，道：「怎麼會？」

木蘭花道：「整件事顯然是極有計劃的一個行動，如果不是一個極其嚴密的組織，是做不出這樣的事情來的，你想想，你如果得到一個這樣組織的槍手，有什麼用處？」

高翔呆了半晌，才無可奈何地道：「但是，那總比一點線索也沒有的好。」

木蘭花望著窗外，遠處的雞鳴聲已經隱隱可聞，她徐徐地說道：「整件事，最奇怪的便是，為什麼要以那樣龐大的行動計劃，來對付一個白癡呢？」

高翔不出聲，而安妮也只是咬著指甲。

木蘭花停了片刻，又道：「所以，整件事的關鍵，全在那個白癡的身上，我們要盡一切可能調查他的來歷，和他究竟有什麼不同，高翔，我想你應該安排一下，明天我和你一起到救助院去，和救助院的工作人員、醫生，一起作詳細的研究。」

高翔點了點頭，這件離奇的事，到現在為止，一點線索也沒有，除了照木蘭花那條路可走之外，是沒有任何別的辦法的。

她轉過身，在安妮的肩頭上拍了拍，道：「安妮，你也該去睡了。」

安妮趁機道：「蘭花姐，明天我也去！」

木蘭花搖頭道：「不，你明天有你自己的事，不到十萬分要緊，別打亂你固定的生活程序！」

安妮低下頭，但是她隨即答應道：「是！」

他們三個人一起上了樓，安妮回到了她自己的臥室中，躺在床上，又想了好一會，她在訓練自己的推理能力、可是不論她怎麼想，也不明白何以一個嚴密的組織，會費那麼大的手腳，去綁架一個白癡。

安妮經過自己思索的結果，也覺得木蘭花是對的，只有先弄清楚了這個白癡的來歷，才能一步一步，將這件謎一樣的事，弄個水落石出。

2 天才與白癡

安妮一直到天濛濛亮的時候才睡著，這一睡，卻睡得十分沉，她聽到鬧鐘的聲音，那是上午八時，可是她只不過翻了一個身，又睡著了。

一直等到她再次醒來，她看了看鐘，已經是中午十二時了，屋中很靜，高翔和木蘭花一定已經不在了，安妮覺得自己還沒有睡夠，是以她又閉上眼睛。

當她再度閉上眼睛，又將朦朦朧朧睡過去之際，忽然聽得樓下像是傳來了一下撞擊聲。

那一下聲響，還沒有使得安妮感到怎樣，可是，緊接著，安妮卻聽到有人走上樓梯來的聲音。

樓梯上鋪著地毯，有人走上來，本來是不容易聽到腳步聲的，可是，那走上來的人，腳步極其沉重，像是每走上一個樓梯級，都要重重頓上一下一樣。

安妮陡地一怔，立時睜大了眼，這時，她的睡意已經全消了！

她聽到那腳步聲，來得十分快，轉眼之間，已經上了樓，又聽到腳步聲在她房門前走過。

當腳步聲在她房門前走過之際，安妮的心情，不免十分緊張，接著，她又聽到房門打開的聲音，那是書房的門被人打開了。

安妮忙叫道：「高翔哥，是你麼？」

安妮在那樣問的時候，心中已經是覺得奇怪，而不覺緊張了起來。因為她想到，如果有什麼人偷進屋子來的話，是斷然不會用那麼沉重的腳步來走路的，可是她雖然想到了這一點，卻仍然想不通，就算是高翔的話，何以他要用那麼沉重的腳步來走路。

她一面出聲問著，一面已欠身坐了起來。

也就在這時候，腳步聲傳了回來，就停在她的房門之前，安妮不禁有一種毛髮直豎之感，雖然時間是正午，房間內一片光亮，可是那種奇怪的腳步聲，就停在她的房門口，她還是不免有點駭然。

她忙又問道：「高翔哥，是你麼？」

這一次，她的話才一出口，「啪」地一聲響，房門已經被打了開來，一個身形相當高大壯碩的人，站在房門口，那不是高翔！

那是一個陌生男人，約莫三十歲，頭髮剃得很短，板著臉，瞪著一對眼珠發定的眼睛，望著房間內。

他的眼睛中，有著一股茫然的神情，像是他自己根本不知道自己在望著什麼！

安妮乍一見這樣古怪的一個人，出現在自己的房門口，不禁陡地一怔，連忙一翻身，翻到了床後，站定了身子，準備應變。

而那人，仍然站在房門口不動，等到安妮站定了，向他望去的時候，安妮不禁發出了「啊」地一聲。

安妮昨天晚上，曾和木蘭花他們一起看過雲四風拿來有關那白癡的資料，其中有那白癡的照片，而她可以肯定，如今站在門口的那人，就是那個白癡！

安妮一認出了來人，心中又是疑惑，又是高興。

她疑惑的是，不知道何以那個白癡在被人綁架之後，又會逃出來，而且又來到了這裡，再說，那絕不是一個白癡能夠做得到的事情！

而她心中高興的是，木蘭花和高翔不在家，一定是到救助院去調查那白癡的來龍去脈，不論如何調查，總不如見到了那白癡本人的好！

所以安妮有一個念頭就是：設法將白癡留下來，等到木蘭花回來！

安妮定了定神，望著那白癡，說道：「原來是你！」

那白癡一點反應也沒有，死魚一般的眼珠，定在安妮的身上，安妮又和他招呼了一下，他才慢慢地向前走了過來。

他一直來到了床前，仍然不出聲，而且，他除了向前走動之外，臉上的神情一點也沒有變過，身子也是僵直地。

幸而這時在白天，不然，安妮一定以為他是一具殭屍了！

但是，雖然在白天，面對著這樣的一個人，也不免使安妮的心中，有一種異樣的感覺。

安妮迅速地在轉著念，她在想，白癡的智力是低人一等，眼前這個人，雖然身子高大壯碩，但是他的智力，根據救助院的資料來看，只不過是一個五歲大的兒童，對付他，自然要像哄孩子一樣才行！

安妮一面想著，一面笑了起來，道：「你別害怕，你是怎麼來的？坐下來，我們好好談談！」

安妮說著，一面還準備繞過床，向前走去。

可是，就在那一瞬間，那白癡的手陡地向上一揚。

安妮的反應極快，尤其那白癡在向前走來之際，身體的其他部分，根本一動不動，是以這時他手一揚起來，看來也就格外惹眼。

安妮一看，就知道要有什麼事發生了，心中陡地一凜，立時停了下來。也幸虧她剎那間有此一凜，她立時看到，那白癡的手中，握著一柄小巧的手槍，那柄手槍的槍管上，套著長長的滅音器！

安妮發出了一下驚呼，身子立時向地上伏去。

也就在那一瞬間，她接連聽到好幾下槍聲，槍聲很低微，比起她身後玻璃的破裂聲來，幾乎聽不見，所以她只知道那白癡在不斷射擊著，至於總共射了多少槍，她卻不知道。

安妮伏在地上，槍彈射不中她，她從床底下看出去，還可以看到那白癡的腳。

安妮在地上滾了一滾，滾過床頭，她看到那白癡已經轉身，向外走去。而安妮拉開了床頭櫃的一個抽屜，取了一支麻醉槍在手。

她並不站起身來，只是伏在地上，那白癡已經走出房去了，安妮也就在這時扳動了槍機。

安妮的麻醉槍，是木蘭花特製的，自槍中射出來的麻醉針，能夠將極其強烈的麻醉劑注入人體，不論射中身體的任何部分，不到五秒鐘，人就會被麻醉過去。

在安妮射出麻醉針之際，她以為自己一定可以成功了。

因為，她自信沒有射不中之理，事實上，她也可以看到，那支細小的麻醉針已射中了那白癡的小腿，只不過那白癡仍然在向前走，伏在地上的安妮，已經看不到他了。

安妮忙直起了身子來，那白癡是向著樓梯走去的，安妮估計，他至多走到樓梯口，人就非倒地不可了，安妮還怕他會從樓梯上直滾下去！

可是，當安妮站了起來之後，她卻聽到了一陣急而沉重的腳步聲，那白癡不是滾下樓去，而是走下樓梯去的！

安妮陡地一呆，立時奔出房間，也到了樓梯口。

等她來到樓梯口時，看到那白癡正自客廳中向外走去，安妮向手中的麻醉槍望了一眼，麻醉針明明射中了對方，而對方卻不受麻醉，這真是不可思議的事情！

安妮一望之後，立時準備再舉槍射擊。可是就在那一瞬間，只見那白癡也不轉身，人已出了門，反手向客廳中，拋進了一團東西來。

安妮根本還未曾看清那白癡拋進來的是什麼，一下巨大的爆炸聲，夾著火光、濃煙，已經震得安妮幾乎從樓梯上直跌了下去！

安妮趕緊又伏在地上，在那樣緊張的情形下，安妮仍然盡力向下看去。

可是她卻看不到什麼，廳中濃煙密佈，那一下爆炸的力量相當大，濃煙向上冒來，安妮一陣嗆咳，連忙跳起來，奔到了木蘭花的房間中。

她奔進了木蘭花的房間，從陽臺看去，才看到一輛汽車，自大門口迅速地向外駛去。

安妮一停也不停，奔向陽臺，越過了陽臺的欄杆向下攀去。

當她快落地的時候，她加倍小心，因為地上全是因為爆炸而破裂的玻璃碎片。她往外跳著，落在草地上，那輛車子早已看不見了。

客廳的玻璃拉門，客廳中所有的一切，全都東倒西歪，沒有一件完整的了。

安妮沒有走進客廳去，反倒轉過了身子，因為這時，她已聽到了警車的響號聲，自遠而近，迅速地傳了過來。

警車的來到，自然是和剛才的爆炸有關，那一下爆炸聲十分猛烈，一定是有人聽到，報了警。

當安妮轉過身去之後不久，兩輛警車已經駛到了門口，停了下來。

木蘭花和高翔兩人，是在早上九時許離開的，在離開之前，木蘭花還曾推開安妮的房門，望了安妮一眼，她看到安妮睡得很沉，所以沒有叫醒她。

木蘭花和高翔在半小時後，就到了救助院，由負責人接待他們。

高翔說明了來意，救助院的負責人，皺著眉，道：「這個人，是警方發現他在街頭流浪，又覺出他是個白癡，才將他送到救助院來的，我們也不覺得他有什麼特別的地方。」

高翔道：「這一點，我已經知道，我們想看看院方對他的智力的檢驗記錄，同時希望會見檢驗醫師，作進一步的瞭解。」

救助院的負責人道：「可以，今天正好是我們院中幾個醫師、專家會議的日子，兩位再等一會就可以和他們全體見面了。」

木蘭花道：「他來了已經將近一個月，一定換過衣服，我們想看看他原來的東西。」

救助院的負責人，叫了一個職員進來，那職員應命出去，不一會，就拿了一隻牛皮袋進來，道：「這個人在進院的時候，所穿的一套舊衣服已經拋棄了，當時，他身上什麼也沒有，只有一張好像車票一樣的東西，我們還保存著。」

那職員說著，將那張紙放在桌上，高翔忙拿了過來，打開信封，抖了一抖，自信封中，抖出了一張和電車票差不多的東西來。

在那張票上，印著一個阿拉伯字的「一」字，反面，是兩行文字，高翔只看出那是南斯拉夫文字系統，卻看不懂，他將之遞給了木蘭花。

木蘭花接過來一看，皺了皺眉，道：「這是一間動物園的入場券。」救助院的負責人道：「動物園？本市動物園是不收門票的。」

木蘭花略笑了一笑，道：「當然不是本市動物園，這家動物園，離本市，噴射機也有幾十小時的航程，高翔，我想我們已得到很重要的線索了！」

高翔帶著疑惑的神色，望定了木蘭花。

他只覺得，這張動物園的門票，只有使事情更加撲朔迷離了！

因為，如果那白癡是從那麼遙遠的地方來的，那簡直沒有可能，一個白癡怎能自己通過如此複雜的旅行手續和那麼遠的航程。

可是，看木蘭花的神情，分明是她已經想到了什麼。

高翔正想問她，木蘭花已經站起身來，走到窗前，望著窗外的草地。

在草地上，有幾個白癡正在拔草，他們的動作都很緩慢，而他們的神情，看來也全是一樣，有的帶著癡笑，有的一點表情也沒有。

救助院的負責人，自然更莫名其妙，他問道：「這張門票，很重要麼？」

高翔點頭道：「自然，這證明他是從那裡來的了。」

負責人搖著頭，道：「高主任，我本身研究低能的人，已經有二十多午，我不相信一個只有五歲智力的人，會自己從那麼遙遠的地方來！」

高翔的心中，也正有著同樣的疑問，是以他並沒回答負責人的話。

而木蘭花就在這時轉過身來道：「那太簡單了，他不是一個人來的，有人和他一起來，正因為他是一個低能的人，像孩子一樣，和他一起來的人不小心，被他獨自走了出來，所以才遇到了警員，將他送到這裡來的，我相信在這一個月來，暗中一定有許多人在找他，直到昨天才找到。」

高翔還想問：一個白癡，為什麼要不遠萬里來到本市。可是他的話還沒有問出口，對講機已經響了起來。

負責人按下了一個掣，對講機中傳出一個女子聲音道：「與會人全到齊了。」

負責人站了起來，道：「兩位，請和我到會議室去。」

高翔忍住了，沒有再問什麼，和木蘭花一起，跟著院長，來到了會議室。

會議室中，已經有五個人在，高翔和木蘭花認識其中的兩人，是著名的腦科權威，他們看到高翔和木蘭花，都覺得十分奇怪。

而會議室中的氣氛，在院長宣布了高翔和木蘭花的來意之後，登時變得十分沉重，沒有人發出聲來。

木蘭花最先開口，打破了沉默，道：「我們希望知道，這個白癡和別的白癡，有什麼不同？」

座間一個專家道：「我是負責檢驗他的智力的，我覺得有點奇怪，但是，我認為那是不可能的事，所以當時沒有提出來。」

所有人的目光，立時集中在那位專家的身上。

那專家道：「一般的檢驗，對方很合作，結論是他有著五歲的智力，可是儀器的檢驗……」

他講到這裡，頓了一頓，才苦笑了一下，道：「當時，我幾乎以為是儀器出了毛病，儀器記錄他的腦部活動情形，探測微弱電波的反應，竟然證明他的智力，是一個超乎常人的天才！」

木蘭花和高翔都齊齊一凜。他們還沒有表示什麼意見，院長和另外幾個專家，已經異口同聲地道：「那是不可能的！」

那專家道：「是啊，我也知道那是不可能的，這人明明是一個白癡！我曾經反覆檢查了好幾次，結果都是一樣。」

木蘭花道：「當時，你為什麼不提出來？」

那專家苦笑道：「我提出來又有什麼用？人人都知道那是不可能的。他的大腦皮層細胞的活動，如果真和儀器探測到的一樣，那麼，這個人的智力，應該完全在我們這些人之上！」

高翔和木蘭花互望了一眼，高翔道：「那麼，有沒有可能是他本來是一個天才，但是，卻假扮成癡呆？」

那專家搖著頭，道：「我也曾想到過這一點，可是我曾經對他做過不下十次的一般性測驗，他的反應，完全是一個白癡。」

高翔不禁苦笑了起來，道：「事情實在太奇怪了，各位專家有什麼結論？」

會議室中，又靜默了下來。

過了半晌，院長才說道：「根據那樣的情形，我們不可能有任何的結論了。」

木蘭花的眉心一直打著結，她又要求那位專家帶她去看那些儀器，並且詳細地聽那位專家解釋這些儀器的使用方法。

那些儀器全是最新設計的，可以記錄人體腦部的活動，用曲線顯示出來，實驗室中，還有許多記錄圖的檔案，證明白癡的腦部活動接近兒童，而和普通成年人的不同，可是那個白癡，由儀器探測所得，卻證明他是一個腦部有著極其複雜活動的天才。

木蘭花不厭其煩反覆地問著，耽擱了不少時間，直到中午，一個救助院的職員匆匆走過來，道：「高主任，你的電話。」

高翔跟著那職員離去，不一會，就神色緊張地走回實驗室，木蘭花立時道：「什麼事？」

高翔只說了一句話，「我們快回去！」

高翔和木蘭花回到了家中，濃煙早就已經散盡了。

大隊警員正在附近戒備，安妮的臉色蒼白得異樣，高翔和木蘭花才一走進來，她就奔著迎了上去。

而這時候，木蘭花也看到房子被損毀的情形了。

木蘭花很鎮定，她的房子受到敵人的襲擊，已不是第一次了，有一次，由於整幢房子被毀，她們只好在高翔的住所暫時棲身。

她握住了奔過來的安妮的手，道：「安妮，你沒有受傷？」

安妮喘著氣，道：「沒有，蘭花姐，是那個白癡，他幹的事！」

高翔已和一位高級警官在交談，安妮曾將發生的事和那高級警官說過，高翔聽了幾句，轉過身來，道：「安妮，你肯定是那白癡幹的？」

安妮的臉色仍然那麼蒼白，她點了點頭，道：「我一眼看到他，就可以肯定了！」

木蘭花和高翔卻不再說什麼，他們和安妮一起走進了客廳，幾個軍火專家和大批警員，正在被爆炸毀壞的傢俱中尋找炸彈的碎片。

另外有一位槍械專家，自樓上下來，道：「高主任，已經找到三顆子彈，子彈的類型還待鑑定。」

木蘭花略揚了揚眉，道：「你的意思是，那不是普通的子彈？」

那位槍械專家點了點頭，高翔立時又道：「盡快將檢驗的報告交給我……」

連同在客廳裡找到的炸彈碎片，在兩個小時之後，附著化驗室的報告書，一起送到高翔的辦公室裡。

高翔看著化驗室的報告，木蘭花和安妮一起坐在他的對面。

高翔放下了報告，道：「化驗室說，射擊安妮的子彈，和以前兩顆殺人的子彈同一類型，那是一種以前未曾見過的子彈，據專家推測，這種槍彈能配合一種特別的滅聲器，使槍聲減低至最低程度。」

安妮忙點頭道：「是的，槍聲聽起來，就和開一瓶汽水差不多。」

高翔又道：「炸彈的碎片很普通，是一種小型的強力炸彈。」

高翔望著木蘭花，想聽木蘭花的意見。可是木蘭花幾乎一直未曾開過口，這時，她也不出聲。

辦公室中靜了下來，高翔忍了幾次，終於道：「蘭花，你有什麼意見？」

木蘭花又過了片刻，才道：「這件事，真是難以思議，那白癡為什麼要來殺我們？我們起先假定，是有一個組織綁走了他，現在看來，要推翻這個假定了！」

高翔憤然道：「照我看來，那傢伙根本不是白癡，他是一個極其狡猾的犯罪分子，他在裝癡作傻！」

木蘭花抬頭望了望高翔，道：「他為什麼要假扮成一個白癡？」

高翔呆了一呆，回答不上來，他揮著手，像是這樣可以使得雜亂的思潮平靜一些，他道：「我不知道他的目的，但是，他一定不是白癡！」

木蘭花吸了一口氣，徐徐地道：「我們不知道的事情太多了，先別那麼肯定，高翔，我看還是從那張動物園的入場券著手。」

高翔一怔，道：「到那個國家去？」

木蘭花微笑著道：「何必，他們不是有領事館在本市麼？」

高翔呆了一呆，道：「蘭花，這個國家和我們的外交關係，一直處在十分微妙的境界中，有人形容關係相當脆弱，如果——」

木蘭花笑了一下，道：「警方人員自然不便出面，但是我是市民，有什麼關係！」

高翔背負著手，來回踱了幾步。

安妮道：「高翔哥，你怎麼那樣小心，我聽秀珍姐說過，敵對國家的外交使館，她也偷進去過的！」

高翔苦笑了一下，說道：「這件事，自始至終都十分怪異，所以，我才在考慮。蘭花，你莫非認為那種特別的槍彈，不是普通的犯罪組織所有的麼？」

木蘭花並不說話，只是點了點頭。

高翔又吸了一口氣，道：「事情一開始的時候，我們就懷疑那是一個組織的精心傑作，如果這個組織，是對方的特務組織……」

木蘭花嘆了一聲，道：「這正是我要到對方的領事館中去探索的原因，你如果想不到，我也不會說，但是你既然想到了——」

高翔立時打斷了木蘭花的話頭，道：「我想到了，就不會讓你去！」

木蘭花揚了揚眉，像是在問「為什麼」。

高翔道：「我們並沒參與特務活動，對方不會不知道這一點，而還有意向我們的住所生事，蘭花，你不以為這是一個陷阱麼？」

木蘭花沉思了片刻，道：「就算是一個陷阱，我也一定要找出其中的原因來。」

高翔本就知道，木蘭花既然已經有了決定，勸她打消這個主意，實在是沒有什麼可能的。除非是事情突然之間有了變化，可以使她不必再去涉險，可是從如今的情形看來，卻又沒有這個可能。

辦公室中，再度靜了下來，就在這時，有人敲門，高翔才應了一聲，頭髮已然斑白的方局長，已經推門走了進來。

方局長的神色，十分嚴肅，他一進來，一句話也不說，就將一張放得相當大的照片放在桌上，木蘭花、高翔和安妮三人一看，不禁呆了一呆。

那張照片上來的人，穿著軍服，極其神氣，雙眼炯炯有神，背景是一片叢林。那人，木蘭花他們並不陌生，安妮更是熟悉，就是那個白癡！

可是，這張照片不同的是，這人雙眼有神，一副機警的神色，和白癡的那種癡呆，雙眼發定，是完全不同的。

三人一起向方局長望去，方局長道：「你們覺得這個人怎麼樣？」

高翔小心地道：「就面貌上而言，這人和那個行凶的白癡，可以說一模一樣，但是神情上卻完全不同，這人是什麼人？」

方局長徐徐地道：「這個人的來頭相當大，他曾是一個亡命之徒，後來投入法國的外籍兵團，帶領三千人作戰，如果不是在一次重要的戰役中失敗，他可能已是北非洲一個小國的元首，他可以說是一個軍事天才，在軍事失敗後，他變成職業間諜，有過不少傑作，他叫狄諾。」

木蘭花道：「我聽過他的名字，有人稱他為羅倫斯之役的第二羅倫斯。」

方局長點頭道：「我想，他是扮了白癡，到本市來，負有特殊的任務的。我以前曾見過這個人的照片，在看到白癡的照片之後，我想起了他，他的全部資料都在，你們去研究一下。」

木蘭花卻像是並不起勁，道：「局長，我們要找的人，不會是狄諾，是一個白癡！」

方局長疑惑地望著木蘭花，不知她何以如此固執。

高翔的辦公室中，幾個人都望定了木蘭花。

木蘭花徐徐地道：「就算這個白癡是狄諾的話，那麼，他現在也是一個白癡！」

方局長道：「蘭花，狄諾最善於化裝！」

木蘭花道：「我知道，正由於這一點，我才作出如上的判斷，因為他現在並沒有化裝。」

高翔道：「他或許是假扮白癡！」

木蘭花搖著頭，道：「那是困難得幾乎不可能的事，白癡那種神態，是很難摹擬的。」

高翔又向安妮望去，因為直到目前為止，只有安妮見過那個白癡！

安妮皺著眉，咬著指甲，她一到緊張的時候，就會不自覺地去咬指甲，這個習慣是她自小就有的，直到現在還改不掉。

高翔望了她一眼，道：「安妮，你見過狄諾，你認為他怎樣？」

安妮知道自己的回答十分重要，因為方局長、高翔和木蘭花之間的爭執，全要靠她的判斷來解決。

當她聽得高翔這樣問之際，她的神情更是緊張，但是隨即，她就鎮定了下來。

她用十分沉緩的語調說話，那表示她所說的話，是經過深思熟慮之後說出來的，絕不是草率的決定，她道：「那襲擊我的人，面貌和狄諾的相片一樣，他一共向我發射了六槍，當時，我躲在床後面，他六槍幾乎是採用同一角度發射的。我看，他是個白癡。」

木蘭花、高翔和方局長三人互望了一眼。

方局長道：「小安妮，還有什麼別的原因，使你覺得他是白癡？」

安妮皺著眉，道：「那很難說，事實上，一看就可以看出他是白癡來，他和常人不同，但是究竟不同在什麼地方，卻很難說……」

安妮說到這裡，略頓了一頓，道：「對了，還有一件事，真是怪異莫名。」

高翔忙道：「什麼事？」

安妮道：「當我伏在地上的時候，隔著床，可以看到他的雙腳，我用麻醉槍攻擊他，麻醉針明明射中了他的小腿，可是他卻一點感覺也沒有，仍然向外走去，下了樓梯，拋出了那枚炸彈。」

木蘭花道：「安妮，你看錯了。」

安妮像是受了委屈一樣地提高了聲音，道：「不，蘭花姐，我一定沒有看錯。」

高翔立時向木蘭花望去，道：「蘭花，這是什麼原因？」

木蘭花的神色十分沉重，她想了好一會，道：「只有兩個可能，一個是他體內早已注射了可以對抗麻醉劑的藥品，不過，這存在的可能性不大，因為這種麻醉劑，連我自己也未曾發現有什麼藥物可以對抗中和，那是南美洲的一種植物根部的製劑。」

安妮忙問道：「第二個可能是什麼？」

木蘭花的話，變得十分緩慢，道：「第二個可能是——」

可是，她的話只說到這裡，就停了下來，各人都在等她繼續說下去，她也不開口，只是沉思著。

過了好分鐘，她忽然又轉變了話題，道：「我相信一定有什麼古怪的事，發生在狄諾的身上，方局長，狄諾是如此惹人注目的一個職業間諜，他的行蹤一定有著記錄，你能找到他最近半年來的活動資料麼？」

方局長道：「這個當然可以的，我去通知他們去辦！」

方局長一面說，一面向門口走去，他已經拉開了門，才轉過頭來，道：「蘭花，你剛才說，第二個可能，究竟是什麼？」

木蘭花淡然一笑，道：「那只不過是我的一個不完全的設想，想來可能性也不大，還是別白費心思了吧！」

方局長點了點頭，走了出去。

3 陷阱

高翔雙手撐在桌子上，道：「蘭花，你別忘記，救助院的儀器測定的結果，狄諾根本不是一個白癡，而是一個智力十分高的天才！」

木蘭花深深地吸了一口氣，才道：「可是他的行動，卻證明他是白癡。」

高翔仍然堅持著他自己的主意，道：「蘭花，那雖然困難一些，但是一個像狄諾那樣的人，是可以做得到了，他假裝白癡。」

木蘭花嘆了一聲。道：「高翔，你的說法，有一點最難成立的，便是他為什麼要假扮白癡呢？任何行動，都有目的，如果說狄諾是有意假扮白癡，那麼，目的何在？」

高翔呆了一呆，眨了眨眼睛，對於木蘭花的問題，答不上來。

木蘭花又道：「我也早已想到過，他可能是假扮的，但是，不論我如何設想，都想不出他有什麼目的。而且，假扮白癡，一定要藉著白癡的身分，去做對他有利的事，在那樣的情形下，他絕不會使自己的身分暴露，可是，現在發生的一連串事情，卻全是對他不利的，這個大矛盾，使我放棄了這個想法！」

高翔自辦公桌後轉了出來，道：「或許是狄諾假扮白癡，但是另外有人知道了他的秘密，要對付他，又或者他根本是被那些人追蹤得走投無路，才假扮白癡來躲避那些人的！」

高翔講完之後，停了一停，又補充道：「狄諾既然是一個出名的職業間諜，任何稀奇古怪的事，都可能發生在他的身上！」

木蘭花像是同意了高翔最後的一句話，她喃喃地道：「的確，發生在他身上的，一定是極其稀奇古怪的事情。」

但是，木蘭花立時又說道：「高翔，照你的『或許』，又如何解釋他忽然現身，向我們攻擊這件事呢？」

高翔又呆住了，出不得聲。

木蘭花低嘆了一聲，道：「這件事，直到如今為止，一點頭緒也沒有，我們只可以假定，有一個出名的職業間諜，在他身上發生了一些怪事。而這件事，又經某一方面，在竭力掩飾著，不想被人知道，所以才會有兩件滅口的謀殺案，在我們家中發生的事，也可以說是那一方面對我們的警告，叫我們別再理會這件事！」

高翔「哼」地一聲，道：「為公為私，我都不能不理！」

木蘭花笑了一下，道：「自然，但是當事情牽涉到微妙的外交關係之際，你出面就不太方便，還是讓我一個人採取行動的好。」

高翔和安妮都知道，木蘭花的所謂「採取行動」，就是要去採查某國的領事館。他們也都知道，那是一件十分凶險的事，是以都皺起了眉不出聲。

木蘭花自己反倒若無其事，道：「高翔，你在今晚十時，在領事館前，製造一場小小的混亂，以將領事館的人吸引出來為目的，我可以趁機混進去。」

高翔苦笑著，道：「那是容易的事，但是你的目的是什麼？」

木蘭花一字一頓地道：「如果我料得不錯，可以在領事館中見到狄諾！」

高翔和安妮齊吃了一驚，木蘭花的話，雖然還不是十分肯定，但是她那樣說，當然是有所根據的了。

安妮咬著指甲，一聲不出，木蘭花走到她面前，輕輕拍了拍她的肩頭，說道：「安妮，記得，別對秀珍說，不然，她的脾氣，會鬧出大亂子來的。」

安妮擔心地道：「蘭花姐，要是你在領事館中出了什麼事，那我們怎麼辦？」

木蘭花默想了片刻，說道：「今晚，如果過了十二時，還沒有我的消息，高翔可以採取適當的行動。」

高翔神色凝重，點了點頭。

他們三人又閒談了片刻，安妮和木蘭花各自靠在椅上，休息了兩小時左右，方局長又走了進來，道：「國際警方和幾個大國的情報局，都有狄諾的行蹤記錄，他最後一次露面，是在芬蘭的赫爾辛基。」

高翔道：「他在赫爾辛基做什麼？」

方局長道：「當時，有一個相當重要的國際會議在那裡舉行，他好像要對亞洲某一個小國的總理，有不利的行動，但是該國的保安人員十分機警，使得他無法下手，那是兩個月以前的事。」

木蘭花道：「後來呢？」

方局長道：「後來，根據線人的報告，他和R國的特務人員見過面，但是沒有確實的證據，自此之後，他便失蹤了。」

木蘭花沉聲道：「高翔，在白癡衣裳中發現的那張動物園入場券，正是R國的。」

方局長又道：「狄諾以前也曾和R國的情報人員合作過，可是他是一個獨立的間諜，一向不受任何方面約束，他的目的只在錢！」

木蘭花緊皺著眉，一聲不出。

方局再道：「他的失蹤，是相當奇怪的，因為，在上個月，他有一個十分重要的約會，是他和非洲一個國家元首的私人會晤，可是，他卻沒有赴約。」

木蘭花仍然不出聲。

方局長攤了攤手，道：「我們所得的資料，就是這些了！」

木蘭花這才道：「局長，已經很夠了！」

高翔望著木蘭花，說道：「蘭花，你已有了頭緒？」

木蘭花道：「沒有，我只不過有了一個奇怪的設想。」

木蘭花已經不止一次提到「奇怪的設想」，但是她設想的是什麼，卻始終未曾說出來。

高翔想要問，可是木蘭花卻又已坐了下來，閉上了眼睛，看來，她十分不願意再說話了。

高翔已將說出口的話，也忍了回去，他低嘆了一聲，坐了下來。

R國的領事館，是一幢很古老、宏偉的建築物，大門旁，有四條又粗又高的大石柱，門口的兩個警衛挺立著，一動也不動。

在領事館前，是一塊空地，晚上十時許，突然有一群年輕人，舉著標語，唱著歌，走了過來。

領事館的警衛，對於這個突如其來的示威隊伍，似乎感到很意外。

這一隊示威隊伍，來到了領事館的空地之前，大聲叫著口號，有兩個年輕人，還走上了領事館前的石階，來到了大門前。

那時，領事館的陽臺上，有幾個人現身向下看了一看，又立時退了回去，而一輛警車已經馳了過來，許多警員下了車戒備著。

那兩個年輕人來到門口，就被警衛所阻，其中一個大聲道：「為了抗議你們對國內人民的迫害，請你們領事出來接受抗議書！」

那兩個警衛一言不發，只是板著臉，擋在領事館之前，不讓年輕人走近。

那兩個年輕人大聲叫了起來，聚集在空地上的人，也大叫了起來，形成了混亂，一個年輕人推開了警衛，用力踢著門。

警員衝了過來，廣場上更混亂了，領事館的門也打開了少許，那兩個警衛將想強衝進去的青年硬拖了出來，一個領事館的職員走了出來，示意警衛放手，開始和示威者交涉。

領事館的門雖只打開少許，但是看進去，也可以看到大廳內燈火輝煌，聚集著不少人。

高翔始終是在警車中，未曾下來，他只是通過無線電對講機指揮著警員，驅散示威者，那一群示威者，也是警員假扮的，所以一開始驅散，一方面奔跑，一方面追逐，「演出」十分逼真，領事館職員也出來了有五六個之多。

高翔看看已經騷擾了半小時之久，領事館內的人員，注意力全被吸引到正門口來，木蘭花應該已經進入領事館了，他才暗中下令，「示威群眾」才一哄而散。

那時，本市政治首腦的電話響個不停，全是領事館方面打來的抗議電話。而木蘭花早在兩個「示威者」硬要奪門而進，和警衛發生衝突之際，迅速地攀上了領事館的後圍牆。

木蘭花在對街一條陰暗的巷子中，已經等了很久，在那段匿伏的時間中，她注視著領事館內，各個房間燈光明滅的變化。

她看到有幾個窗口，一直都漆黑無光，所以她早已選定了二樓的一個窗口。

這時，領事館的前面，喧鬧聲傳出十分遠，但是後面卻是靜悄悄地，木蘭花攀上了十多呎，就拉住了那窗口的窗簷。

木蘭花又縱身，然後伸手去推窗子，窗子從裡面拴著，木蘭花先用一塊圓形的橡膠，貼在玻璃上，然後用戒指，沿著橡膠畫了一個圓圈，玻璃破了一個洞，她伸手進去，輕易地弄開了窗子，跳了進去。

木蘭花一跳了進去，先是矮著身子蹲著，過了一會，沒有動靜，關上窗，站起身來。

她早已戴上了有紅外線裝置的眼鏡，所以那房間中的一切，看得很清楚。看來，那是一間不十分重要的辦公室，一個人也沒有。

木蘭花知道，自己進來得雖然容易，但是一進來，就是身入險地，真要出了意外，高翔也是沒有辦法可想的，所以行動非十分小心不可。

她來到門口，將耳朵貼在門上，向外聽了聽，只聽得領事館前喧鬧聲隱隱傳了過來，外面好像是一條走廊，腳步聲不斷傳了過來，還有幾個人，在大聲地講著話，話聲很憤怒。

木蘭花先弄開了門鎖，但是她卻並不打開門，她在等候著機會。

她之所以要偷進R國的領事館來，最主要的原因，自然是為了白癡衣袋中的那張動物園的入場券。

這張入場券，證明這個白癡來本市之前，曾在R國逗留，而且，一連串的事也都顯示，那絕不是一個普通的犯罪集團所能做得出來的。

等到得到了狄諾的資料，知道那白癡極有可能就是狄諾，而狄諾最後露面，又是在赫爾辛基之後，木蘭花更肯定，偷進R國的領事館來，可以有所發現的了。

但是，這只不過是她的推測，究竟應該如何行動，她還是一點頭緒都沒有。

這時，她在門邊站了片刻，又取出了微聲波擴大儀器，將其一端貼在門上，另一端塞在耳中，那樣，雖然隔著門，她也可以聽到外面的任何聲響了。

木蘭花先聽到有人在大聲叫嚷，聽來好像是在打電話，在抗議警方的行動不力，未能立時驅散示威的群眾，木蘭花聽了片刻，忽然聽到腳步聲，正向她藏身的地方走來，木蘭花忙收起了儀器，閃身到門旁。

她才貼牆站定，就聽到門柄轉動的聲音，門被推了開來，推開門來的人，呆了一呆。

木蘭花躲在門後，自門縫中看出去，可以看出那是一個神色十分陰鷙的中年人。木蘭花知道那中年人推開門之後陡地一呆，是因為門上的鎖先被她弄開了的緣故。

那中年人呆了極短的時間，就走了進來，直到了辦公桌的前面，著亮了桌上的檯燈，打開抽屜，取出了一份文件。

木蘭花這時，身在門後，探頭向外看，剎那之間，她心念電轉。

她十分不願意用武力來解決問題，而且，此際身在險地，一出了事，根本無法脫身。但是，如果她不制服其中一個人的話，她又沒有辦法能夠得到虛實。

所以，在那一瞬間，連木蘭花那樣有決斷力的人，也委決不下，是不是應該出手。

就在木蘭花猶豫間，那中年人已取了一份文件在手，又向門口走來。

到了這時候，木蘭花非當機立斷不可了，她突然將門推上，在那中年人陡地一呆間，木蘭花手中的槍，已然對準了他的胸口。

那中年人現出極其惱怒的神色來，木蘭花立時道：「別出聲，你一出聲，我立時可以置你於死地，而且，我可以安然離去！」

那中年人低下頭，向木蘭花手中小巧而裝有滅聲器的手槍望了一眼，神情更是惱怒，嘴唇掀了幾下，但是並沒有叫出聲來。

木蘭花又道：「我要見一個人！」

那中年人憤怒地道：「或許你還不知你在什麼地方！」

木蘭花冷冷地說道：「我當然知道，我要見狄諾。」

木蘭花的話，令得那中年人陡地一震。

木蘭花早已料到，自己的話一出口，對方一定大感訝異，但是對方的那一下震動，卻不像是意料中之甚，而且，在一震之後，反倒笑了起來，道：「你是木蘭花？」

這一下，反倒令得木蘭花有點愕然了！

而就在木蘭花愕然之間，那中年人陡地向後退了兩步。

那時，木蘭花看到對方好像胸有成竹，早知道自己會來似的，她已經呆了一呆，而她手中的槍，一直對準著那中年人的心口，就算那中年人後退了兩步，一樣是在手槍的射程之內，是以她並沒有在意。

卻不料，就在那中年人後退兩步之際，「刷」地一聲響，自天花板上，直落下一塊玻璃來，那塊玻璃，擋在木蘭花和那中年人之間！

木蘭花一看到這情形，便知道自己一定犯了極其嚴重的錯誤了，前面的退路已經阻住，她如果要脫身，只能打開門，硬衝出去了。

她正在估計，自己突如其來硬衝著，是不是能衝出領事館之際，那中年人的手中，已執著一柄槍，對準了木蘭花。

木蘭花一眼就看出，對方手中的那柄槍，不是普通的手槍，雖然槍並不大，那是發射超小型火箭的火箭槍！

同時，那中年人已冷冷地說道：「木蘭花，放下你手中的手槍，你的槍射不穿鋼化玻璃，我的槍能夠！」

他一面說著，一面仍在後退，退到了桌邊，伸手按下了一個掣，又立時大聲道：「我們等的人到了，看來門口的示威是故意的！」

木蘭花陡地吸了一口氣，在她的冒險生活中，她有過許多次隻身入虎穴的記錄，每次都說不上一定成功，有時還會失陷其中，但是像這一次這樣，一進來，才見到了對方一個人，就落了下風的情形，卻還是第一次！

木蘭花的反應，也快疾無比，那人按掣、說話，話才說到一半，木蘭花便向玻璃連射了兩槍，兩粒子彈射到了那塊玻璃上，玻璃上只出現了兩點小小的白痕，木蘭花立時拉開了門。

可是她只能打開門，根本並能跨出房門半步！

因為她才一打開門，門外就有四個持著手提機槍的人，用槍口對準了她！

木蘭花估計自己可以在極短的時間內射中兩個人，可是她自己也難以脫身了，所以她立時又關上了門，迅速閃到門邊一隻鋼櫃之後，躲了起來。

那塊落下來的玻璃，攔住了她的去路，將那間辦公室，在近門邊，隔出一條只有六七呎寬、二十呎長的長條。

木蘭花就被局限在那一處小小的空間之中，若不是有幾隻文件櫃貼牆放著，她根本連藏身的地方都沒有。

她一躲起來，房門就被大力撞了開來，可是卻沒有人進來。

木蘭花躲在櫃後，看不見房門開後，什麼人出現在門口，她只是聽到了有人在門口問道：「人呢？」

那個隔著玻璃，在辦公桌前的中年人道：「現在躲在櫃後，她絕走不脫的了！」

門口那聲音「哼哼」地笑了起來，說道：「木蘭花，我們早已知道你要來了，出來吧，雖然你的手中有槍，但是在這樣的情形下，你僵持著有什麼意思？」

木蘭花不出聲，她也明知，門口有人守著，房間又有鋼化玻璃隔著，她被限制在那麼狹長的地方，僵持下去，是沒有什麼意思的。

但是，只要她還有抵抗能力，木蘭花卻也不肯就此投降。

門口的那人雖知道她有槍，但未必知道，她身邊有兩枚只有尋常鈕扣大小的強力炸彈，如果是普通的建築物，這兩枚炸彈足可以將牆炸穿了！

只不過問題在於，就算身後的那幅牆是外牆，牆被炸穿之後，可以穿牆而出，她也必須要有地方，才能夠躲避強烈的爆炸。

而她只是處身在那麼小的空間之中，可以說全然無從趨避，那兩枚強力炸彈一出手，爆炸的氣浪，一定會先將她自己震死！

木蘭花心中急速地轉著念，人一動也不動，就在那一瞬間，「砰」地一聲，門又關上，接著，只聽得一陣「嗤嗤」的聲響，自天花板上噴下了一陣乳白色的噴霧來，木蘭花旋即聞到了一股強烈的麻醉藥氣味，她忙從櫃後閃身而出。

可是她被困住的那個空間，實在太小了，天花板上，至少有好幾十個孔，一起在噴出麻醉劑的噴霧來，簡直就如同一場驟雨一樣。

木蘭花只向前走出了兩步，麻醉藥噴劑已然到處瀰漫，木蘭花再也支持不住，腳步一個踉蹌，就昏了過去！

這時候，正是領事館門前，「示威」發展到高潮的那一刻！

木蘭花昏過去了之後，自然什麼也不知道了，她也不知道自己昏迷了多久，才有了知覺，她只覺得自己的臂彎上一陣疼痛，像是才被注射了一針。

木蘭花立時明白，自己有了知覺，也是由於藥物催醒的結果。

她仍然裝著昏迷，她覺出自己是坐在一張椅上，手腳並沒有被困住，雖然閉著眼，但是也可以覺出，眼前的光線很強烈。

她正想慢慢睜開眼，偷偷打量一下眼前的情形時，就聽得有一個聲音，冷冷地道：「別假裝了，你早已經恢復知覺了！」

木蘭花苦笑了一下，睜開了眼來，有一盞強光燈照著她，她依稀看到有兩個人坐在她的對面，但是那兩個人坐在黑暗中，她卻看不真切。

木蘭花才一睜開眼，突然一聲大喝，身子便向前疾衝而出！

木蘭花的這一下動作，可以說是突然到了極點，「砰」地一聲巨響，她面前那盞燈首先翻倒、碎裂，眼前陡地一黑，木蘭花也已經到了那兩人的身前。

木蘭花根本不待看清那兩個是什麼人，拳頭早已揮了出去。

她擊中了那兩人中的一個，只聽得兩下怪叫聲，被木蘭花擊中的那人，已經連人帶椅向後倒去，另一個，人影閃動，向旁閃去。

但是木蘭花既然已經發動，動作何等之快，一橫身，一腳飛出，「砰」地一聲，又踢中在那人的腹際，那人也砰地跌倒。

木蘭花立時向窗口衝出去，可是她只奔出了幾步，背後腰際同時一痛，只在一秒鐘之間，她又已覺得天旋地轉起來。

她勉力伸手，向腰後摸去，摸到了一支針刺在她的腰際，她連將針拔出來的力道都沒有，又已跌倒。

只聽得兩個人向她奔來的高音，一個憤然道：「不必向她多說了，將她弄回去再說！」

另一個聲音有點異樣，像是臉腫了說話不清楚一樣，也是充滿了憤怒，道：「立時將她弄走，哼，狄諾就是她的榜樣！」

最早說話的那個道：「好了，我們至少又有了一張王牌了！」

那兩個人就在木蘭花的身邊說話，木蘭花也知道這一點，可是在感覺上，木蘭花卻覺得那兩個人的說話聲越來越遙遠，後面，那兩人還講了些什麼，但是木蘭花已經完全無法聽得清楚了。

終於，木蘭花又昏了過去。

房間中又著亮了燈，四五個人一起持槍奔了進來，木蘭花倒在地上，她身前站著兩個人，手中都持著發射麻醉針的槍，其中一個，嘴唇腫起老高，那是被木蘭花一拳打腫的！

在「示威群眾」被驅散之後，高翔的警車轉過了街角，便停了下來，那時，將近十一點。

高翔和木蘭花約好，木蘭花只要一從領事館出來，就到這裡來和他相會的，可是，木蘭花蹤影未見，高翔又無法和她聯絡，只好等著。

時間慢慢地過去，十一點半了。

高翔開始焦急不安起來，這時候，他已經知道事情有點不妙了。

他用望遠鏡看著領事館的門口，門口已恢復了寂靜，看來一點事情也沒有，但是高翔卻確知，木蘭花在領事館內！

高翔這時如果守在領事館的後門，那麼，這件事以後的發展，就絕不會如此驚濤駭浪，幾乎不可收拾了，可惜，他只注意前面門口！

在領事館的後門，一輛房車駛到門口，停下，三個男人走了出來，並齊著，只要小心一些，就可以看到中間一個是被人扶持著的，只要更小心一些，就更可以看出，那個男人，實在是一個女人！

如果（又是一個如果），高翔看到了那種情形，他就一定會加以注意，而只要他稍加注意的話，那麼，他一定可以認出，這個女人就是木蘭花。

只可惜，高翔全然沒有注意到領事館的後門，而他派守在領事館的後門監視的兩個探員，更沒有注意了。

所以，木蘭花就被扶上了汽車，直駛機場。

在機場，早有一架享有外交特權的小型噴射飛機等著，車子直駛到了飛機旁邊，木蘭花又被扶下車子，登上了飛機，飛機立時發出驚人的聲響，乘空飛去。

高翔一直等到午夜十二時，在接近十二時的時候，他心神不寧到了極點。

他下了警車，他在車旁來回踱著，終於來到了領事館門口。

那兩個守衛立時阻止了他的去路，高翔表露了自己的身分，說道：「不幸得很，剛才發生了示威的事件，作為警方的負責人，我想和你貴國的人員談談！」

那兩個守衛毫無表情地望了高翔一會，其中一個，才轉過身去，推開了門，門內另外有人守著，那守衛講了幾句話，門內的人拿起電話來，也講了幾句，放下電話，道：「請進來！」

高翔走進了領事館，心頭怦怦亂跳。

領事館內很寂靜，看來好像什麼事也沒有發生過，木蘭花究竟在什麼地方呢？木蘭花應該早已進來過的了，難道她一直躲著，領事館人員沒有發現她？

但是，那是不可能的，已經將近兩小時了，如果木蘭花並沒有遭到意外的話，早就應該出來了！

高翔被領到一間會客室中，不一會，一個中年人走了進來，和高翔握手，高翔道：「示威群眾已經被我們驅散了，請放心。」

那中年人很有禮，但是也很冷淡，道：「你們的行動好像太遲緩了一些，我們的領事已經向有關方面提過抗議了！」

高翔勉強笑了一下，道：「根據報告，可能有對貴國懷有敵意的群眾，潛進了領事館，我想，這種人，應該交給警方處理！」

那中年人笑了起來，道：「是麼？如果有的話，我們早就發現了！」

高翔只感到那中年人的態度，狡猾得像狐狸一樣，十分難以應付，是以他又道：「真的沒有人潛進領事館來？還是你們準備自己處理？」

那中年人搖著頭，道：「沒有！」

高翔的心中，不禁苦笑了一下，木蘭花明明進來了，這一點，他是可以肯定的，但是，他卻無法說得出口來，而對方如果一口否認的話，他也可以說一點辦法都拿不出來。

他只好又道：「先生，請你注意一點，就算有人潛進了貴國領事館，他又是本市的公民，應該將他移交給本市警方才好！」

那中年人笑著，道：「閣下何以如此肯定有人潛進了領事館？」

高翔緩緩的吸了一口氣，說道：「我們有了情報！」

那中年人的臉色，微微一沉道：「那就是說，閣下的情報錯誤，如果沒有別的事……」

那中年人已在下逐客令了！高翔的手心在隱隱冒著汗，可是他卻一點辦法也沒有。

那中年人說著，來到了門口，打開了門，等高翔出去。

高翔的心中，固然焦急萬狀，但是在那樣的情形下，他想不走也不行了！

而且，高翔也不知道木蘭花這時的情形究竟怎樣，如果她還逗留在領事館中的話，那麼，自己如果再堅持著說有人在領事館中，那麼，對木蘭花的處境，也是十分不利的。

高翔只好擠出禮貌的笑容，走了出去，那中年人一直送他到大門口，高翔下了大門的石階，領事館的大門已然關上。

高翔回到了警車中，木蘭花仍然沒有出現，他又等了半小時，木蘭花還沒有來。

高翔急得連連搓手，不斷望著領事館，可是，領事館內靜悄悄地，一點動靜也沒有。

到了凌晨一時，高翔派出去的幾個在領事館附近監視的探員，都來向高翔報告，高翔的心中十分紊亂，他道：「你們沒有發現有任何可疑的情形？」

幾個探員都道：「沒有！」

只有一個探員，略微猶豫了一下，道：「在十一時五分左右，有三個人從領事館的後門出來，登上了一輛車子駛去。」

高翔呆了一呆，道：「三個什麼人？」

那探員道：「三個男人，車子是領事館的車子，向南駛去！」

高翔又吸了一口氣，立時回到了車中，按下了無線電通訊儀器的掣，說道：「我是高翔，請調查R國的外交人員有沒有離開本市的記錄，我等著答覆！」

高翔只等了五分鐘，就有了答覆：「機場方面報告說，一駕R國的外交飛機，在十一時四十分起飛，直飛R國的首都。」

高翔立時問道：「這架飛機的起飛，是不是臨時才決定的？」

值日警官答道：「不是，兩天前，飛機就停在機場上，機場得到的通知是隨時起飛。」

高翔呆了一呆，略放心了一些，木蘭花要潛進領事館去探索事情的真相，是今天才決定的，對方不可能早兩天就派飛機等著。

高翔這時心情十分紊亂，他自然也想不到，從那個白癡被擄劫之後，甚至自白癡的出現起，本身就是一個早已籌劃的詳盡之極的計劃！

別說高翔沒有想到，就是木蘭花也沒有想到，要不然，她絕不會自投羅網，潛進領事館去了。

高翔吩咐各探員繼續在附近留守監視，他駕著一輛摩托車，回到家中。

4 劃時代創造

當他回家時，已經一時半了，可是木蘭花還沒有回來，安妮在客廳的沙發上睡著了，高翔回來，她才揉著眼，站了起來。

高翔連忙問道：「安妮，蘭花姐有沒有打電話回來？」

安妮現出一臉驚訝的神色來，道：「沒有啊，蘭花姐不是和你一起出去的麼？」

高翔望著凌亂不堪的客廳，苦笑了一下，這時，他心中真比經過了爆炸破壞後的客廳還要亂。

他點著頭，道：「是的，蘭花進了R國的領事館，和我約定，十二時一定出來的。」

安妮大驚，道：「現在已經快兩點了！」

高翔嘆了一聲，道：「我曾經進過領事館，但是，一點也查不到什麼！

安妮由於吃驚，臉色變得十分蒼白，睡意全消，她緊張地問道：「高翔哥，那我們怎麼辦？」

高翔皺起了眉，一時之間，答不上來。

直到這時候，木蘭花仍然音訊全無，那毫無疑問，她已經有意外了！

可是，意外發生的地點是在領事館，雖然他是一個警方的高級人員，可以有權調動全市的警務人員，但是也無可奈何！

安妮像是看出了高翔的難處，她臉色雖然仍是那樣蒼白，但是神情已變得很堅決，她道：「高翔哥，蘭花姐如果已有了意外，我們要爭取時間，不能再拖延下去，我要進領事館去看看！」

高翔忙道：「不行！」

高翔的回答是自然而然的，因為安妮的年紀還小，她雖然曾跟著木蘭花和穆秀珍，經歷過了不少驚險，但是還沒有自己一個人單獨行動過！

更何況，安妮提出的，是要和木蘭花一樣，潛進領事館去！

要知道，如果對方人員採取敵對態度的話，那麼，偷進領事館去，要比潛進任何犯罪組織的總部去，更要危險得多！

安妮立時著急起來，道：「高翔哥，除了我去之外，還有什麼辦法？」

高翔並不回答，來到了電話之前，將手按在電話聽筒上，沉思著不出聲，安妮道：「高翔哥，你可是要通知秀珍姐？」

高翔點了點頭，道：「是的。」

安妮吸了一口氣，道：「如果蘭花姐在的話，她一定會反對你那樣做，秀珍姐脾氣急，不適宜做暗中偵查的工作！」

高翔由於心中雜亂，聲音也格外來得粗，他道：「要是蘭花的話，她也絕不會同意你去，你去睡吧！」

安妮的嘴唇掀動了一下，像是還想說什麼，但是卻並沒有出聲，轉身就向樓上走去，當她走到了一半時，高翔又叫住了她。

安妮轉過身來，高翔揮了揮手，道：「安妮，我會有辦法的，你別胡思亂想！」

安妮咬著指甲，並沒有什麼反應。

高翔苦笑了一下，說道：「安妮，你在生我的氣？」

安妮搖了搖頭，低聲道：「沒有。」

高翔又揮了揮手，他已然拿起了電話，撥著號碼，安妮上了樓。

高翔這時，心中實在太亂了，是以他竟沒有想到，何以安妮知道自己打電話給穆秀珍，而她竟然不肯在旁邊聽穆秀珍的反應。

而等到高翔在電話中，對穆秀珍說明了經過，穆秀珍大聲回答說立即來，高翔再到樓上去的時候，才發現安妮的臥室門敞開著，房內根本沒有人！

高翔又立時到書房，略微檢查一下，就發現木蘭花平時慣用的一些小工具全不在了，毫無疑問，那些工具都被安妮帶走了！

安妮獨自到領事館去了！

高翔感到自己幾乎已經沒有力量，承受這接二連三的打擊，他頹然坐下，腦中一片混亂，不知道該做些什麼才好！

天上全是烏雲，一點星月光芒都沒有。

安妮是從窗中攀出去的，她攀出了圍牆之後，繞著一條小路，來到了公路上，然後，弄開了一輛停在路邊車子的車門，一直駛到領事館的附近，才停了下來。

安妮的心緒也十分亂，她只知道，木蘭花在領事館中，那她的音訊全無，一定是遭到了意外，而木蘭花既然有了意外，她就非來接應不可。至於如何行動，她一點頭緒也沒有！

而且，她畢竟還是第一次做這樣的事，儘管她有足夠的勇氣，可是心情卻也異乎尋常地緊張！

她停下車之後，熄了車燈，向前看去。

她已經可以看到領事館的建築物了，她也看到，有兩個人站在街角處，街角似乎還停著一輛警車，自然是高翔派來的。

安妮看了一會，取出了紅外線望遠鏡來，對準了領事館仔細看著，只見所有的窗口都是黑沉沉地，都有著極厚的窗簾，根本就看不清裡面的情形。

安妮的長處是她的心思十分縝密，不論在什麼樣的情形下，她都十分仔細，這時，她雖然心急，而且又極其煩惱，但是她還是耐著性子，一個窗口接著一個窗口看過去，一個也不遺漏。

不多久，她就看到了二樓的一個窗口，玻璃上有一個恰可以供手伸進去的圓洞。

安妮吸了一口氣，她知道，那一定是木蘭花偷進去的那個窗口！

她要潛進領事館去的目的，是尋找木蘭花，那麼，她自然應該從木蘭花進去的地方進去！

安妮一想到這裡，輕輕下了車，就向上攀去。

不一會，她就攀近了那窗口，輕輕一拉，窗子已經被她拉了開來。

安妮將窗簾拉開了一道縫，向內看去。

在她還沒有看到那房間內的情形之際，她已經聞到一股相當強烈的麻醉劑氣味撲鼻而來。

這時，她聞到的那股麻醉劑氣味，雖然還不致於使她昏迷過去，但是卻也極其不舒服。

安妮略呆了一呆，木蘭花潛進領事館，肯定首先進入的，就是這間房間，而這間房間，直到現在還留有麻醉劑的氣味，那麼事情再明白也沒有，這證明有人曾在這裡施過麻醉劑！

而施放麻醉劑的目的，自然是為了對付木蘭花，那麼木蘭花……

安妮想到這裡，只覺得心頭生寒，幾乎沒有勇氣再向下想去！

她勉力鎮定心神，戴上了紅外線眼鏡，看清楚了房間中沒有人，才撩開窗簾，輕輕跳了進去，她進去之後，才看出房間中有點凌亂，像是在這裡曾經有過混亂。

安妮輕輕地向前走著，一直來到了門口，轉了轉門，沒有打開，她小心地弄開了鎖，將門拉開了一道縫，向外看去。

外面，是一條走廊，靜悄悄地，一點聲音也沒有。

安妮在門後站了兩三分鐘，心中不斷地在轉著念，那走廊的兩旁，有著十幾間房間，自己茫無頭緒地偷進來，應該怎麼辦呢？

她首先想到的是：如果蘭花姐處在自己的地位，她會怎麼做？

可是，安妮沒有向下想去就苦笑了起來，因為木蘭花顯然已經遭到了意外！而她，最穩妥的辦法，自然是一間房間一間房間地去探索，但是領事館中的人難道不會發現麼？

安妮直到這時才知道，跟著木蘭花去冒險，自己只要提供意見，不必作出決定，和自己單獨一人行事，什麼事都要靠自己決定，是完全不同的！

但是，安妮是一個性格十分堅毅的女孩子，這時，她雖然有束手無策之感，她卻不曾想到就此退卻！

她想了片刻，慢慢將門拉得大些，就在這時，忽然三樓傳來一陣喧鬧聲，有兩個人正在齊聲呼喝著，還有重物倒地的聲音，緊接著，便是一陣雜沓的腳步聲，但是這些聲音，很快就靜了下來。

安妮在樓上有聲音傳下來時，已經又將門關上，只留下了一道縫。

等到聲響又靜了下來之後，她由門縫中向外張望著，看到一個人自樓上匆匆走了下來，經過走廊，直向樓下走去。

當那人經過她的時候，安妮的心頭怦怦亂跳了起來，而當那人漸漸接近她的時候，她心跳得更劇烈，她已經沒有時間再多作考慮了！

就在那人經過她的時候，她突然拉開了門，那人本來是急匆匆向前走去的，在安妮拉開旁門的時候，好像有所警覺，陡地停了下來。

但是，那人還沒有轉過身來，安妮已經倏地跨出了一步，手中的槍也指住了那人背脊，低聲道：「向後退，退進來，將手放在頭上！」

那人陡地震動了一下，然後，又呆了兩秒鐘，才將手放在頭上，跟著安妮向後退來，退到了那房間之中。

安妮沉著道：「你要活命，就要回答我的問題！」

那人忽然笑了一下，道：「你還只是一個小姑娘，是不是？」

安妮立時厲聲道：「只要我用力扳動槍機，你別管我是什麼人，木蘭花在哪裡？」

那人道：「木蘭花?什麼木蘭花？」

安妮的聲音更厲害，道：「你知道什麼木蘭花的，說，她在哪裡？」

那人突然縱聲笑了起來，安妮一聽得那人笑得如此大聲，陡地一震，左手已揚了起來，用力擊下，「砰」地一掌，正擊在那人的後腦上，那人笑到一半，身上一軟，就倒了下去。

安妮喘了幾口氣，她擊昏過去了一個人，領事館中的人，一定很快就會發覺的，那麼，她進一步應該怎麼辦呢？

她以為可以在那人口中，問出木蘭花的下落來的，可是，那人卻根本未曾說出什麼來！

她跨過了那人，又拉開了門，迅速地閃身出外，來到了樓梯口，直向上奔了上去，樓上是一條同樣的走廊，一個人也沒有。

安妮貼著牆，移動了幾步，來到一扇門前，她反手握住了門柄，那門居然一推就開，安妮一個轉身，就進了那房間。

那好像是一間臥室，安妮才一閃身進去，就看到一張床上，有一個人直坐了起來，安妮連忙一揚槍，道：「別動，有槍對準你！」

可是那人根本不加理會，仍然站起，向著安妮，一步一步走了過來！

安妮雖然一直戴著紅外線眼鏡，即使在黑暗之中，她也一樣可以看得見眼前的情景，但是她才一進來時，一看到有人，心中就不禁一陣慌亂，並未曾看清楚那自床上坐起來的是什麼人。

直到那人不聽喝阻，竟然向著她走了過來，安妮才看清那人的樣子，而一看清了那人的臉面之後，安妮不禁大吃一驚！

那人是狄諾，那個白癡！

安妮並沒有存心真的開槍，就算那向她走來的人不是白癡，她也一定會另外設法，不會開槍的，更何況，來的人是一個白癡！

就在安妮一呆之間，白癡已經走到了安妮的身前，安妮身子一矮，一拳向前擊出，她手中握著槍，這一拳擊出，力道自然更大，只聽得「砰」地一聲響，那白癡中了一拳，陡地一呆。

而安妮的動作十分快，根本連喘息的機會都不給對方，身子在白癡的身邊疾閃了過去，趁機足尖在對方足踝上勾了一勾。

那白癡的反應，看來相當遲鈍，安妮一勾中了他的腳踝，他的身子便向前撲倒，發出了極大的一下聲響，撞在門上！

一動上了手，安妮雖然佔了上風，但是她卻也不禁暗暗叫苦，因為那白癡整個身子都撞在門上，所發出的聲音如此之巨大，領事館中的人如果再不知道，那真是奇蹟了！

果然，安妮才站定了身子，便聽得房門外有憤怒的呼喝聲，聽來和她在一樓時聽到的一樣，安妮一轉身，進了浴室，將浴室的門半開著，自浴室門縫中向外看去。

只見那白癡在撞到門口之後，手按著門，正在站定身子，而就在這時，門已砰地被打了開來，門外一個中年人怒喝道：「你又在幹什麼？」

那白癡只是呆呆站著，一點表情也沒有。

那中年人指著白癡說道：「狄諾，你要知道，你已經落在我們手中，除了乖乖聽我們的指揮之外，只有自尋死路，你明白麼？」

那時，躲在浴室後的安妮，心頭不禁亂跳了起來！

那中年人稱呼白癡為「狄諾」，由此可知，那白癡真是極其出色的職業特務狄諾！

但是，狄諾何以會變成了白癡的呢？還有，那中年人說「聽我們的指揮」，那又是什麼意思？

安妮一面想，一面向狄諾看去，只見狄諾的神情，仍是一片木然，那中年人伸手推著狄諾，道：「走，快回床上去睡！」

狄諾被那中年人推著，向後退了幾步，從他的行動看來，他完全是一個失去了主宰的人！

安妮的心中，疑惑到了極點，她一點頭緒都沒有。

狄諾退到了床邊，坐下，那中年人也退了出去，又將門關上。

安妮的心怦怦跳著，想了一想，便向外走去。

狄諾一看到有人從浴室走出，立時轉過頭望來，但這一次，他並沒有站起身來。

安妮小心地向前走動了幾步，來到了離狄諾有兩碼處站定。

狄諾雙眼毫無神采地望著安妮，他臉上的那種神情，證明他是一個徹頭徹尾的白癡。安妮自然同意木蘭花的話，這樣的神情，根本是不可能假裝出來的！

安妮吸了一口氣，沉著聲，道：「狄諾！」

狄諾像是震動了一下，但是他除了身子略向上挺了一下之外，就沒有別的反應。

安妮知道，狄諾是一切不可思議的事情的關鍵，她必須在狄諾這裡多瞭解一些事實，她冒險又走前了一步，又道：「狄諾，你為什麼會變成現在這樣的？」

狄諾略側了側頭，安妮知道，他一定聽到了自己的話了，因為看他的神情，就像是在考慮，該要如何回答這個問題才好。

可是，狄諾仍然沒有出聲。

安妮正想再問什麼時，外面突然傳來了一陣喧鬧聲，有好幾個人正憤怒地呼叫著。

安妮只聽得一個人叫道：「又有人混進來了，一定是木蘭花的同黨！」另外有人就在旁門外奔過，其中有一個人道：「剛才狄諾很不安定，好像見過陌生人！」

喧鬧的聲音，在二樓持續了片刻，安妮心頭亂跳，一直站著不動。過了約有五分鐘，喧鬧聲已經漸漸靜了下來，安妮以為已經沒有事了！

可是，就在這時，房門外又有腳步聲傳來，安妮立時又退回到了浴室中，房門打開，有四五個人，一起向房內走了進來。

狄諾仍然坐在床沿，只是轉過頭，向進來的那四個人看了一眼。

安妮看到那四個人之中，有一個，提著一隻硬公文箱，他們來到了狄諾的面前，一個道：「來的人，聲音像是小姑娘！」

一個留著山羊鬍子的道：「不必估計她是誰，只要狄諾見過她，我們就可以知道她是誰！」

安妮屏住了氣息，心想，那山羊鬍子一定要問狄諾，有沒有看見過陌生人，她也想到，狄諾的樣子，不像是能夠順利回答問題的模樣。

可是，那山羊鬍子並沒有發問，只是向提著公文箱的人做了一個手勢。那人就將手中公文箱，豎放在桌上，打了開來。

躲在浴室門後的安妮，看得十分清楚，公文箱打開之後，裡面並不是公文，而是一整副儀器，大小恰好和公文箱一樣！

那情形，和設計成公文箱型的收音機很相似，但是這副儀器看來卻複雜得多，而且，製造得極其精密，宛如一副微縮的電腦。

那人打開了公文箱，拉出了兩根極細的金屬絲來，金屬絲上的一端，是兩枚極其細微的尖刺，那人將金屬絲拉到了狄諾的身前。

狄諾仍然一動不動地坐著，安妮剛在想那人不知要做什麼，而就在那時，她看到了她一生之中，從來也未曾見過的怪事！

那人拿著一端是銳利尖刺的金屬絲，來到了狄諾的身前，撥開了狄諾的頭髮，小心翼翼地將針向狄諾的頭上刺了下去。

安妮看到這裡，已經奇怪莫名，而當她看到，那人竟將兩枚足有一寸長的尖針，全刺了進去之後，她驚訝得幾乎叫出聲來！

安妮覺出，尖針能刺進頭骨，那情形，和中國的「針灸法」，尋找到穴位之後，可以刺進數寸長的尖針差不多，那還不算是怎麼奇怪，奇怪的是，他們這樣對付狄諾，是為了什麼呢？

只見那人才將尖針刺了進去，儀器上有一組顏色不同的小燈，一起閃亮了起來，還有幾個小螢光幕上，閃著形狀變幻不定的波道。

接著，那人將豎放著的公文箱轉了一轉，底部向著各人，抽開了底部的一塊板，現出一幅螢光幕來，那幅螢光幕上，有著許多雜亂的線條，根本看不清楚是什麼，但那些線條，卻在不斷變幻著。

那個人又不斷地旋轉著一些掣鈕，和扳下一些掣，他在操作的時候，神情十分緊張。

那留著山羊鬍子的中年人，好像是所有人的首領，他現出了不耐煩的神色來，道：「齊瓦列夫博士的發明，雖然是劃時代的創造，但是操作起來，實在太麻煩了！」

那個在操縱著這副儀器的人道：「是的，但是如果人在總部的話，那就方便多了！」

他一面說，一面對另一個人揮了揮手，道：「行了，輪到你了！」

安妮躲在浴室的門後，看到了那人一連串怪異的動作，連呼吸都小心翼翼地，唯恐被人家發覺。直到這時為止，她仍然不知道對方是在幹什麼！

那時，另一個人來到了狄諾的面前，雙手在狄諾的面前，緩緩搖擺著，看他的動作，像是正在對狄諾施展催眠術。

木蘭花對催眠術有著極深的研究，安妮當然也是內行，所以一看手勢，就明白那人是在催眠。

安妮只顧注意那人的催眠手法，只看出那人的行動十分熟練，顯然他在催眠術中的造詣，十分之高。

一時之間，她並沒有留意螢光幕上的變化，直到在螢光幕旁的那人道：「行了，你可以發問了！」安妮才轉眼，向那幅螢光幕看去。

她一看之下，不禁陡地一驚！

那螢光幕上，本來有許多雜亂無章的線條，在相應交叉運行，一點規律也沒有，但現在，在狄諾已經進入了催眠狀態之後，螢光幕上的線條呈曲線波浪狀，變得很平靜而且有規律，在不斷地自左向右推進。

安妮的見識雖然不廣，可是在木蘭花的嚴格訓練計劃下，她所看的各種書籍十分之多，而且她本身又是一個頭腦極其靈敏的人。

這時，她一看到這等情形，就立時想到，這副儀器，一定是記錄人腦部活動情形的，狄諾在未被催眠之前，他腦部的活動十分凌亂，所以螢光幕上，也就出現許多凌亂的線條。

這時，他被催眠了，腦部的活動單純化了，是以線條的活動也有規律了。

安妮想到了這一點，心中已經夠吃驚的，因為這樣一副小小的儀器，竟能如此精確地記錄人類腦部的活動，那實在是科學的巔峰了！

可是，當安妮再向下看去時，她實在驚訝得幾乎要叫出聲來！

只見那施展催眠的人，這時已停了動作，用一種十分低沉的聲音道：「狄諾，你剛才看到了一個陌生人，有一個陌生人進你的房間來，你好好想一想剛才的情形，好好想一想！」

那人會問狄諾這個問題，倒是在安妮的意料之中的事，可是奇怪的是，那人只是叫狄諾好好的「想一想」，而並不叫他說出來！

而且，當那人發問的時候，安妮看到所有的人，都望著那幅螢光幕！

安妮也望向那幅螢光幕，突然之間，她幾乎不相信自己的眼睛！

只見螢光幕上，那些線條，突然又變得十分雜亂，轉眼之間，在雜亂的線條之中，出現了一些畫面，畫面十分模糊，看來好像是一間房間。

那施展催眠的人，不住地以那種低沉的聲音道：「狄諾，你好好地想一想，好好地想！」

隨著那人低沉的聲音，只見螢光幕上的線條漸漸變淡，而畫面也漸漸變得清楚，已經可以看清，那的確是一間房間，而且，就是現在的這一間！

安妮驚訝得張大了口，她已經想到，那是怎麼一回事了，但是，她實在有點難以相信，那會是事實！

但是，事實卻證明，那的確是事實！

螢光幕上的畫面，看來仍然很模糊，像是普通的電視機，在接收不良的地區，而又未曾裝上天線一樣，但是也足可以看得清，房門被推開，有一個人迅速地閃了進來，一進門，就立時將門掩上！

安妮看到，推門閃進來的人，是她自己！

安妮的心狂跳了起來，她起先以為那副儀器，能夠將腦部活動化為線條，在螢光幕上閃動，已經是了不起的科學成就了！

卻不料，這副儀器，正如那個山羊鬍子所說，是劃時代的創造，在經過了催眠術之後，它竟然能夠使一個人見到過的東西，在螢光幕上重現出來！

這時，安妮在螢光幕上看到的，就是狄諾看到她進來的情形！

安妮緊張得屏住氣息，心中亂到了極點，只見螢光幕上的畫面，忽然震動了一下，安妮甚至可以立時肯定，那是因為狄諾突然坐了起來之故！

在螢光幕上，自然看不到狄諾，因為那時的情形，狄諾的雙眼就像是電視攝像管，狄諾整個腦部的活動所起的作用，就像是一部錄影儀，將他所看到的情形，一起記錄了下來。

本來，每一個人所看到的東西，都在大腦皮層中保留著印象，那便是人人都有的記憶。可是，能夠將人的記憶，通過儀器，在螢光幕上表現出來，那實在是聞所未聞的奇事！

安妮由於看到了這樣的奇事，驚訝得心頭狂跳，只見螢光幕上，她在漸漸變大，那自然是狄諾已向她走近的緣故。

就在這時候，只聽得那山羊鬍子道：「看清楚了麼？這小姑娘是什麼人？」

螢光幕上的畫面儘管模糊，但是，也足可以看出安妮的面貌來了。

一個人忙道：「這是木蘭花的妹妹，安妮，她和木蘭花是住在一起的，上次狄諾出動，沒遇上木蘭花，卻遇到了她，她也很厲害！」

安妮在浴室的門後，一顆心幾乎要從口腔之中，直跳了出來。

這時，螢光幕上的畫面，已起了劇烈的震動，那自然是安妮向狄諾進攻時造成的，安妮知道，再下去，自己躲在浴室門後的情形，一樣會在螢光幕中顯出來的，她只覺得冷汗不住沁出來。

只聽得那山羊鬍子道：「我們只要木蘭花，這個安妮，將她弄死算了，反正木蘭花已經被我們送走，旁的別理會了！」

幾個人一起答應了一聲，一個人道：「看樣子，安妮還躲在這房間中！」

山羊鬍子的臉色突然一變，疾聲喝道：「什麼，她要是要這裡，那是說，她已經看到了我們的秘密！」

就在這時，一個人指著螢光幕，道：「看！」

安妮仍然望著螢光幕，在那瞬間，她只覺得整個人，都變得僵硬麻木了！

她看到，在螢光幕上，自己閃進了浴室！

而也就在那一瞬間，所有人的眼光，一起向半掩著門的浴室望來！

安妮知道，自己藏身之處已經被發現了！

她實在已沒有時間考慮了，兩個人已經大聲呼喝了起來，安妮一抬腳，「砰」的一聲，將浴室的門關上，立時上了栓。

而浴室的門外，也立時傳來了呼喝聲和撞擊聲，那扇門，至多只能支持一分鐘，如果在一分鐘之內不能脫身，她就走不了！

5 記憶重現

安妮立時來到窗口，窗口有著手指粗細的鐵枝，她向鐵枝連連射擊了好幾槍，在靜寂的夜晚，槍聲聽來更是震耳欲聾。

浴室的門已經在震動，安妮射斷了兩根鐵枝，頭還未曾探出去，突然聽得穆秀珍的聲音就在牆外，叫道：「蘭花姐！」

在這時候，突然聽到了穆秀珍的聲音，安妮就像是絕處逢生一樣，歡喜得眼淚疾湧了出來，立時叫道：「秀珍姐，是我！」

她一面叫，一面人已擠出了窗子，只見穆秀珍一手抓住一個銅管，銅管中升出一根極細的金屬絲，金屬絲的上端是一個鉤子，鉤在三樓的窗簷上，穆秀珍的身子掛在半空，向她疾盪了過來。

安妮恰好在這時鑽出了窗子，穆秀珍盪了起來，安妮雙手一伸，抱住了穆秀珍，兩個人一起向外疾盪了開去。

也就在這時，浴室的門「砰」的被撞開，穆秀珍的中指在那銅管的一個掣上一按，金屬絲不斷升展出來，她們兩人迅速地向下沉去，她們離地約有四十呎高，在不到一秒鐘內，就落到了地面。

而她們才一著地，窗口內，槍聲也傳了出來，子彈射在地上，迸跳著，濺出驚人耀目的火星。

穆秀珍也來不及收回那掛在窗簷上的金屬絲，拉著安妮，貼牆向前奔著，才轉過了牆角，高翔迎面迎了上來，穆秀珍道：「你帶著安妮走，我去找蘭花姐！」

高翔急道：「不行，裡面的人已經覺察了！」

穆秀珍道：「那我就硬衝進去！」

就這幾句話的工夫，只見領事館的後門「砰」地打開，四五個人一起衝了出來，安妮直到這時才急出了一句話來：「蘭花姐已被他們帶走，不在領事館內了！」

穆秀珍陡地一呆，那奔出來的四個人，閃身在牆身處，子彈呼嘯，已經射了好幾槍，高翔還了幾槍，沉聲道：「快走！」

穆秀珍拉著安妮，三個人一起迅速地向前奔去，穿過了一條巷子，一起上了一輛車。

高翔駕著車，向前疾駛而出，一連駛過了好幾條街，看看後面並沒有人追來，他才減慢了速度。

安妮自從聽到了穆秀珍的聲音之後，就一直流著淚，開始，她流淚是為了九死一生而高興，後來，卻是為了過度的緊張，這時，事情總算過去了，極度緊張的鬆弛，是一樣會使人流淚的。

安妮從來也未曾嘗試過自己一個人冒險，而這第一次的行動，就如此之驚險，安妮能夠支持得下去，已經算是不容易了！

她無法控制自己流淚，她也不抹拭眼淚，滿面都是淚痕，道：「秀珍姐，你要是晚來一步，我……我就完了！」

穆秀珍「哼」地一聲，道：「也好叫你得個教訓，你當是好玩的麼？」

高翔一面駕著車，一面道：「安妮，什麼事都要大家商量才好！」

安妮低下頭去，「我知道。」

穆秀珍道：「你剛才說，蘭花姐被他們帶走了？帶到什麼地方去了？」

安妮抹了抹眼淚，道：「我不知道，只知道被他們帶走了，我還見到了狄諾！」

高翔道：「安妮，你先鎮定一下，回到家中再說吧！」

安妮苦笑了一下，道：「高翔哥，我只是暫時脫險，我們以後一定有極大的麻煩，因為我看到了他們的一個極其驚人的秘密！」

安妮說到「極其驚人的秘密」之際，緊張得全身都在發抖。

穆秀珍剛才雖然在責怪安妮，但這時，她又緊緊地將安妮擁在懷裡，像哄小孩子一樣哄著她，道：「小安妮，別害怕，你第一次冒險，自然緊張一些，多幾次經驗，就會習慣了！」

高翔沉聲道：「你還叫她去冒險？」

穆秀珍瞪著眼，道：「有什麼辦法？我們不去找人家，人家也會來找我們！」

高翔的車子，已經轉上了靜寂的郊區公路，他又將車子的速度提高，五分鐘之後，已經回到了家中，他們才走進花園，又一輛車子駛到，雲四風和雲五風兄弟從車中跳了出來。

這時，安妮已經鎮定得多了，不過她的臉色蒼白得出奇，五風望了安妮一眼，嘴唇掀動了一下，但是卻沒有說什麼。

幾個人進了客廳，穆秀珍推過了一張沙發，先叫安妮坐下來，安妮不等各人發問，就將自己偷進領事館之後所看到的一切都說了出來。

等到安妮說完，所有的人全都面面相覷，過了一會，高翔才向雲四風道：「四風，有這個可能麼？」

雲四風深深地吸了一口氣，道：「安妮既然已看到了這樣的情形，那顯然是有可能，他們一定突破了某些困難之點，所以才能使人的記憶，通過儀器成為電子波，在螢光幕上重現出來，自然，我相信不但那具儀器起作用，狄諾的腦部也有著特殊的裝置！」

穆秀珍不禁一呆，說道：「你這樣說，是什麼意思？」

高翔道：「四風的意思是，他們曾在狄諾的腦中，裝置了什麼東西，我看這就是狄諾為什麼由一個出色的間諜變成白癡的原因。」

雲五風喃喃地道：「天，他們這樣做，目的是什麼呢？」

雲四風苦笑了一下，道：「五弟，這還不明白麼？誰也不會提防一個白癡，而這個白癡所看到的東西，卻都可以通過儀器重現出來，他比任何間諜更有用，這便是他們的目的。」

雲五風吃驚地道：「四哥，狄諾曾在我們的工業系統中工作過，他……」

雲四風苦笑了一下，道：「是的，我們最近曾接受幾項太空船內部零件的製造工作，我相信狄諾已看了大部分去，他是一個白癡，就算走進了最機密的工作部分，也不會引人注意的！狄諾實在是R國特務組織中的一張王牌！」

安妮自從說完了她在領事館中的經歷之後，就一直在一旁咬著指甲，不出聲。直到這時，她聽雲四風說，狄諾是R國特務組織中的一張「王牌」，她身上陡地一震，想起了她在領事館中曾聽過的一句話來，失聲叫了起來：「蘭花姐！」

穆秀珍忙按住了她的手，道：「安妮，鎮定一些，我們會找到蘭花姐的！」

安妮急得連連搖著手，道：「秀珍姐，他們……他們會像對付狄諾一樣地對付蘭花姐！」

安妮這句話一出口，所有的人都陡地震動了一下，道：「你說什麼？」

安妮急得幾乎又要哭了出來，道：「我在領事館中，曾聽得一個人說，他們已得到了蘭花姐，他們手中有兩張王牌！」

安妮這句話一說出來，所有的人都呆住了！

一時之間，實是靜得出奇。

這幾個人，不知曾經歷過多少驚險絕倫的事情過，但是，從來也沒有一次，像現在那樣，心靈上受過如此巨大的震盪過！

木蘭花會像狄諾一樣，被變作一個白癡，被他們派出去，刺探他們要得到的情報！單只是想一想，那也是一件可怕得無法再叫人想下去的事。

何況，現在的木蘭花的確已經落在敵人的手中，這正是快要發生，或者已經發生的事情！

眾人都在極度的驚駭之中，呆住了不出聲，穆秀珍最先叫了起來，道：「蘭花姐究竟在什麼地方，我們要盡快阻止這件事！」

高翔張著口，他只覺得自己的心，直往下沉。

木蘭花如果已被弄走，那麼，弄到什麼地方去了，他是可以猜想得到的！

木蘭花一定已被運到R國的首都去了！

因為，在十一時四十分左右，曾有一架飛機在本市機場起飛，這架享有外交特權的R國飛機，是直飛R國首都的！

高翔雙手緊緊地握著拳，直握得手指的關節「格格」作響。

穆秀珍急道：「高翔，你怎麼不說話啊？」

高翔的臉色煞白，他額上，汗珠一顆顆地滲出來，他不是不想說話，但是，他說什麼好呢？木蘭花要是已被對方的特務帶到了R國的首都，那麼，是什麼辦法也沒有的了！

一切，只好靠木蘭花自己了，但只怕木蘭花也不知道對方將她帶走的目的，竟是如此可怕！

木蘭花在飛機降落時所發出的巨大聲響和震盪中，恢復了知覺。

她還未曾睜開眼來，就知道自己在飛機上，而且，飛機已經降落了！

木蘭花不知自己昏迷了多久，而她一覺醒來在飛機上之後，她心中的吃驚也是難以形容，那使得她更加迅速地恢復情醒。

在經過了強烈麻醉之後，才一恢復知覺，頭部沉重疼痛，口乾舌焦，十分不舒服，本來至少還有一段時間，是處在半昏迷的狀態之中的。

但是，由於心頭的震驚，反倒刺激得木蘭花迅速地清醒過來。

她一動也不敢動，仍然閉著眼，首先，她感到自己是坐在飛機的床位上，側著頭，繫著安全帶，然後，過了好久，她才將眼睛打開一道縫。

她看到，自己是在一架小型飛機的機艙內，前面坐著兩個人，背對著她。木蘭花不知道背後是不是還有人，是以她仍是一動也不敢動。

木蘭花首先要弄清楚的是，飛機降落在什麼地方！

她自然記得，自己昏迷過去的時候，是在晚上十時過後不久，而現在，從燦爛的陽光看來，已經是中午了，她可能經過十小時以上的航程，身在萬里之外了！

木蘭花轉動著眼，向機窗外看去，飛機已經將要著陸，在跑道上滑行，那是一個軍事機場，機場的附近，根本沒有什麼建築物。

突然之間，木蘭花看到了停在機場中的一組軍事飛機，木蘭花的心頭立時亂跳了起來！

那些新型的戰鬥機，就算機身上，沒有那耀目的R國空軍的標誌，木蘭花也一眼可以認出，那是R國最新型的戰鬥機！

木蘭花也立即知道，她已經身在R國的國境之中了！

那對她來說，實在是一項前所未有的經歷，她應該怎麼辦？

如果她要採取行動的話，那麼，現在可以說是發動的最佳時機了，因為第一，現在她在飛機上。第二，敵人不知道她已經醒了！

身在R國的國境之中，如果離開了飛機，她以後可能連見到飛機的機會都沒有了，而要離開R國的話，沒有飛機是不可能的。

木蘭花絕不會低估自己的力量，但是她也絕不認為自己能有力量，在軍警密佈的R國，可以有機會在離開了這架飛機之後，再奪到一架飛機逃走的！

木蘭花心念電轉，她先向後看了一下，在她向後看的時候，她的動作也十分小心，她只是略轉了轉頭，在兩張座椅的縫中向後看去。

那樣，就算後面有人的話，後面的人，也不致立時發現木蘭花已經醒了過來。

後面並沒有人！

木蘭花心頭跳著，那是她的好運氣，如果後面有人的話，她簡直不知道如何才能行動了！

木蘭花緩緩地解開了安全帶，站了起來。

就在那一瞬間，飛機的雙輪接觸了跑道，機身陡地震了一震，木蘭花也在那一瞬間，身子向前疾撲了過去。

坐在前面的那兩個人，其中的一個，像是已有一點警覺，立時回過頭來。可是木蘭花的動作，實在太快，那人可能根本什麼也沒有看到，木蘭花的一掌，已然砍中了他的面門。

雖然噴射的聲響如此震耳，但是木蘭花的那一掌，將那人鼻梁骨擊斷的聲音，還是清脆可聞。

木蘭花的那一掌，將那人擊得鼻血直噴了出來，立時昏了過去。

另一個人只半轉過頭來，木蘭花擊出的是右掌，在擊出右掌的同時，她左肘一撞，已經撞中了那人的太陽穴，那人發出一下悶哼聲，也昏迷了過去。

木蘭花是一面向前衝出去，一面出手的，當她一出手將那兩人擊昏過去之後，她仍然在向前直衝而出，一刻也不曾停留。

她衝到了駕駛室的門口，略停了一停，打開了通向駕駛艙的門。

駕駛室中，只有一個駕駛員，那時，飛機正在跑道上疾駛，正是駕駛員應該集中注意力的時候，是以木蘭花拉開了駕駛室的門，那駕駛員並沒有轉過頭來，只是問道：「什麼事？」

而就在那駕駛員一開口之際，木蘭花已經疾向前踏出了一步，她手中並沒有槍，她只好暫時以手指，指住了駕駛員的後頸，厲聲道：「快起飛！」

那駕駛員陡地一震，突然一挺身，站了起來。

木蘭花也早已料到，那駕駛員可能會反抗，所以她早有準備，那駕駛員才一站了起來，木蘭花一伸手，已經勾住了他的頸，緊接著，身子一扭動，用力一摔，將那駕駛員隔著椅背疾摔了出去。

那駕駛員發出了一下嗥叫聲，身子直撞在駕駛艙的門框上，當時一動也不動了！

這時，飛機在跑道上，正由快而慢，可是一失了控制，機身搖擺不定，眼看就要衝出跑道去了，木蘭花看到跑道邊上，兩個人揮著手，叫喊著。

同時，木蘭花也看到，有兩輛汽車，正自跑道的另一邊疾駛了過來。

木蘭花一刻也不停留，就坐上了駕駛位。

這種類型的噴射機，木蘭花以前並沒有駕駛過，其中許多部分，木蘭花並不熟悉，但是，大致上的原理總是一樣的。

木蘭花一坐上駕駛位，先糾正了在跑道上行駛的方向，然後，加快速度。她看了看燃料表，存油指示還可以飛行一千五百里左右。

木蘭花陡地拉下升落桿，噴射機發出巨大的吼聲，機首向上，已經離地起飛了！

當噴射機又向上飛去之際，無線電中傳來了嚴厲的呼喝聲，問道：「發生了什麼事？為什麼又起飛，快回答，快回答！」

木蘭花自然不會去回答它，那是最緊張的一刻了，在跑道上，有好幾輛汽車迎面駛來。

而木蘭花由於是倉促起飛之故，風向也不對，噴射機的升高速度也不理想，眼看飛機快要撞上機場的建築物了，但木蘭花在那極短的時間中，已經弄清了一些儀器的用途，飛機在低空突然轉了一轉，緊接著，噴射引擎之中，噴出幾股濃直的黑煙，已經迅速地升高了！

木蘭花向下看去，只見幾十個空軍，分坐著幾輛車子，疾馳到戰鬥機之旁，跳了下來，以極快的動作，進入了戰鬥機。

木蘭花只看到這裡，飛機已穿上了雲層，下面的情形，已經看不見了。

木蘭花曾看到有空軍奔進戰鬥機，而這裡又是R國的領空，自然是戰鬥機起飛來截擊了！

木蘭花的雙手冒著汗，就算這架飛機有武裝配備，也絕不是對方那種性能極佳的戰鬥機的敵手，她只能拚命飛高，竭力向雲層上穿去。

無線電中傳來的喝問聲，越來越憤怒，最後，換了一個嚴厲的聲音，道：「我是保安組組長，快解釋發生了什麼事！」

木蘭花仍然不出聲，天上的雲層十分厚，木蘭花很快就穿過了雲層，但是，一穿出了雲層，她立時又將飛機降進雲層。

在雲層中飛行雖然危險和困難，但是自己的目標也不會那麼顯著。

在雷達的螢光幕上，已經顯示至少有七架戰鬥機正在迅速接近，木蘭花緊張得緊咬著下唇，全身都被汗濕透了。

在雷達追蹤下，她是很難逃出去的，如果對方存心要將飛機擊落，那麼更加容易了。

因為木蘭花曾經看到這些戰鬥機，都有最新型的熱導引飛彈的裝置，這種飛彈，和美國的響尾蛇飛彈同一類型，一經發射，會自動追逐目標。

木蘭花這時，倒並不擔心這一點，因為對方如果要擊落她的飛機，那一定早已下手了，而如今，從雷達的螢光幕上看來，那幾架戰鬥機，正在採取上下左右包圍的形勢，顯然目的是在於逼降。

木蘭花根本不知道飛機降落的地點是什麼地方，她只能認定一個方向向前飛，飛機上的燃料，只允許她飛行一千五百里左右，如果變換飛機飛行的方向，那麼，飛出R國領空的可能性就更少了。

木蘭花的估計是，她只要飛出R國領土的上空，那麼，R國的戰鬥機必然有所顧忌，不會再追上來，那樣她就可以和最近的機場聯絡降落了！

木蘭花緊緊咬著牙，有好幾次，她估計對方的飛機離她不到一百碼，但是由於雲層一直十分厚，所以雙方都不能用肉眼望到對方。

無線電中的聲音，越來越是憤怒，那位保安長官在不斷地咆哮。

木蘭花雖然不想聽對方的怒喝聲，可是這時，她緊張得連騰出手來關掉無線電的時間都沒有。

突然之間，飛機衝出了雲層，向下看去，下面是大幅的平原，遠處，海在閃耀著藍光。

木蘭花駕駛的飛機，一衝出了雲層，立時看到兩架戰鬥機以極高的速度追了上來。

兩架戰鬥機的性能，自然在木蘭花所駕的那架飛機之上，所以不到兩分鐘就被追上了，在木蘭花所駕的飛機之前交叉飛過，尾部噴出兩股長煙來。

木蘭花陡地將飛機的高度降低，飛機幾乎是機頭向著地，直衝下去的，從一萬兩千呎的高空，直降到四千呎，這樣急劇的下降，別說駕駛員要有超卓的技術，更要有堅強之極的體格，而這兩者，木蘭花都具備。

當她的飛機下降之際，六架戰鬥機也一起衝破雲層出現，兩架在前，兩架在後，還有兩架，一左一右，完全將木蘭花的飛機包圍在中間。

任何人在這樣的情形下，一定都會想到要放棄了，但是木蘭花所想到的，卻是如何才能衝出去！

眼看那六架戰鬥機，跟著一起俯衝而下，木蘭花陡地又拉下了升高桿，機身震動著，又迅疾無比地向上升了上去。

那六架戰鬥機，比木蘭花的飛機更靈巧，在空中翻著觔斗，跟著上升，木蘭花又升到了一萬二千呎的高空，向海飛行，她看看燃料表，只有七百里燃料了。

這時，有兩架戰鬥機先折了回去，還有四架，仍然環繞著在飛行。

木蘭花陡地想到，那種戰鬥機的性能雖然佳妙，但是有一個缺點，就是不能支持長距離的飛行，那兩架戰鬥機忽然折了回去，可能是因為燃料將要用光，所以被逼降落了！

如果那樣的話，那麼，其餘四架飛機可能也支持不了多久了！

木蘭花一想到這裡，精神陡地一振，向著海，疾飛了過去。

海岸已經越來越近了，望下去，在白雲飄浮之下，大海像是閃著光的一塊藍色的大玻璃，飛機離海岸已經十分接近了。

就在這時，又有兩架戰鬥機折了回去。

木蘭花聽到無線電中，那位保安長官幾乎是在怒吼，道：「飛回來！再不飛回頭，我要下令擊落了！」

木蘭花深深地吸了一口氣，這一點，也是在她的意料之中的！

因為對方利用了享有外交特權的飛機將她綁走，絕不會容許她用對方的特務飛機飛到別的地方去降落的。

對方開始的時候，自然不會想到要擊落飛機，但是到了最後，飛機可能逃走時，自然要殺人滅口了！

從雷達螢光幕中看來，尚剩的兩架戰鬥機，正在啣尾飛來，那正是發射空對空飛彈的理想角度。而大海已經在前面了！

木蘭花根本無法改變她的主意，她只希望能快一點飛到海面上，飛到公海的上空。

雖然，她現在就算飛到公海的上空，對方的戰鬥機一定仍會追過來，而不肯放棄的，但是無論如何，她就算被擊落，事情如果是在公海上空發生，那麼多少會引起國際上的注意，比起在R國的領空上，不明不白地被擊落，要好一些了。

6 聽天由命

無線電中，情報首長的聲音仍然那樣憤怒，道：「給你們最後十秒鐘，只有十秒鐘！」

木蘭花緊咬著下唇，十秒鐘，那實在是太短促了，那兩句最後警告講完，十秒鐘幾乎已過去一半，木蘭花實在沒有辦法可想了！

然而，也就在那一瞬間，只聽見駕駛艙的門口，突然傳來了一下急叫聲，道：「首長，別下令擊落飛機，剛才，飛機被木蘭花控制，現在我們有把握可以奪回來！」

情報首長顯然聽到了那人的講話聲了，他厲聲吼叫道：「飯桶，那就快下手！」

木蘭花回頭看了一眼，不禁苦笑了一下。

最早被她擊昏過去的那兩個人，卻已經醒了過來。

那兩個，手中各執著槍，其中一個，已經走進了駕駛艙，用槍指著木蘭花，厲聲道：「好了，小姐，魔術玩完了，飛回去！」

那兩架戰鬥機，也在這時，就在飛機身旁掠過。

木蘭花欠了欠身子，切斷了無線電聯絡，道：「對不起，我不會改變我的主意！」

那人怒聲大喝道：「給你五秒鐘，不然我就開槍！」

木蘭花鎮定地道：「在這裡開槍？你們應該有這個起碼常識，子彈要是射穿了機艙，那就是飛機的毀滅！」

另一個人也持著槍，走了過來，兩個人聽得木蘭花那樣說法，都呆了一呆，而木蘭花也在那一瞬間，倏地自駕駛位上站了起來，雙手自下而上，疾揚而起，「啪啪」兩聲輕響，切在那兩人的手腕上。

這一下攻擊，真是巧妙到了極點，那兩個人各自發出了一聲怒吼，手中的槍已經脫手，撞在機艙的頂上，又落了下來。

那兩個人一面怒吼著，一面向木蘭花撲了過來，木蘭花早已料到他們在槍脫手之後，不會再去拾槍，而會轉向自己攻擊，所以她早已有了準備，身子一翻，翻過了駕駛座位的椅背，在兩人之間穿了過去。

那兩人惡狠狠向前撲了過來，撲了一個空，木蘭花已然到了他們的身後，身子躍起，雙肘一起撞下，撞在那兩人的後腦之上。

那兩個人連聲都未曾發出，身上便向前仆了下去。木蘭花倏地自座位上躍起、轉身、攻擊，直到這時，也只不過是短短兩三秒鐘之內的事。

在這兩三秒鐘之內，飛機沒有控制，急速地搖擺著，那兩人向前仆出之後，其中一個身子又恰好壓在升高桿上，令得飛機在剎那之間機首向下，直衝了下去。

飛機的機身，傾斜的角度是如此之甚，以致木蘭花根本無法站得住，她也向前跌去，飛機在幾秒鐘之內，下降了好幾千呎，木蘭花勉力撐起身來，推了升高桿，飛機才又向上升去。

木蘭花喘著氣，坐上了座位，令得飛機轉了一個大彎，反向陸地飛去，看來，像是那兩人已控制了飛機，正在經原路飛回去。

木蘭花知道，那剩下的兩架戰鬥機，燃料一定不會太多，只是在勉強支持著，只要她往回飛，燃料已快用完的戰鬥機，以為已經沒有事了，一定會搶先飛回去，那麼，她就可以脫險了！

果然，她一往回飛，兩架戰鬥機便在她的上空迅速地向前飛了過去。

木蘭花又打開無線電通訊儀，只聽得情報首長在不斷地讚許道：「好，你們做得好，我答應給你們最高的榮譽！」

木蘭花略微定了定神，她估計對方以為已經沒有事變發生了，那是她逃走的唯一機會了。

在那瞬間，她改變了方向，噴射機以極高的速度，在高空轉了一個彎，引擎中噴出潔白的白煙，在空中畫成了幾個大的半圓，她重又向海上衝去！

這時，她已經擺脫了戰鬥機跟蹤的威脅，她也知道，就算敵人發覺，再派戰鬥機追來，一定也是追不上的了！

木蘭花知道，自己至少已經可以飛出R國的領空了，前途的吉凶如何，還難預料，但是比起剛才，在十秒鐘之內，對方的戰鬥機就要發射自動導向的飛彈來，總是好得多了。

在剛才，木蘭花緊張得根本無法去驚駭，直到這時，她略微鎮定了下來，想起剛才那種千鈞一髮的情形，她也不免出了一身冷汗！

剛才，可以說是那兩個特務救了這架飛機，因為若不是那兩人醒了過來，大聲向情報首長說，他們已可以重新控制飛機，十秒鐘內發射飛彈的命令，是一定不會改變的。

這兩個人，也可以說是幫了木蘭花的一個大忙！

木蘭花這時繼續向前飛著，她已經在大海的上空，完全看不到陸地了。

她看了看燃料表，燃料還可以支持飛行二百八十里左右，她必須在二百五十里的路程之內著陸，她開始利用無線電通訊儀，發出求救訊號，要求緊急降落。

但是，十五分鐘過去，木蘭花的呼叫，得不到任何的反應。

燃料表上的指針，證明只有一百里可以飛了，以噴射機的速度而論，那是彈指即至的距離，燃料表旁的紅燈，已經在不斷地閃耀著，而且發出一下接著一下的「嘟嘟」聲，表示繼續飛行極其危險。

木蘭花放慢了速度，將駕駛工作交由半自動駕駛系統，她已經弄明白了這個半自動駕駛系統，可以使飛機保持飛行。

她站起來，翻開座位，駕駛位下的空間，放著降落傘，救生衣，還有若十罐頭食物和食水。木蘭花迅速地背上降落傘。

這時，飛機的駕駛控制台上，至少有七八盞紅燈一起在閃耀著，發出極度危險的信號。

木蘭花知道，飛機至多只能再支持五分鐘，她可以冒險跳傘，飛機上另外還在昏迷狀態中的三個人，是沒有辦法的！

她沒有再多耽擱，跨過了倒在通道上的三個人的身體，來到了門口，拉下了頭罩。

當她打開門的時候，她的身子幾乎被湧進機艙來的氣流捲進機艙去，她緊張地攀住機艙門的邊緣，然後用力一跳，身子已經離開了飛機，向下跳去！

當她身子才一離開飛機的那一瞬間，她幾乎是喪失了任何知覺，她只覺得，飛機向前繼續飛去的氣流，將她整個人帶得像是陀螺一樣，急速地旋轉著。

她在離開飛機之前，曾經看過高度表，她是在九千呎的高空跳下來的。一個人自那樣的高空跳下來，那就是說，她必須忍受越來越劇烈的加速所產生的重壓，自空中落下來，每秒鐘下降達八十公呎，如果不是木蘭花所佩帶的降落設備是高空逃生設備，頭盔中充滿了氧氣的話，在那樣的情形，她根本無法呼吸，不等她有機會打開降落傘，她就會窒息過去了！

當木蘭花的身子漸漸穩定之際，她伸開了手，雙腿張開，這樣子可以使她的身子保持平衡。

她的身子，仍然像是風車一樣地在轉動著，但是這種轉動，比起她才離開飛機的時候，不知要好多少了。

等到木蘭花估計已經降落了四五千呎之際，她知道，最危險的時刻來到了，這時，她下降的速度正在加大，加速的定律是，每隔一秒鐘，下降的速度就增加將近一公呎，到後來，她可能忍受不了這樣急速的下降，但是她卻又必須忍受著，因為她不能過早地拉開降落傘來。

木蘭花看到，那架飛機在繼續向前飛去，已經漸漸飛出了她的視線之外，變成了一個小銀點，看不見了！

木蘭花確切地知道，她是不是看得到，那是沒有關係，那架飛機的唯一命運，就是在燃料用完之後，跌進大海，永遠沉在海底。

而且，時間也不會長了，至多只能再支持兩分鐘而已！

木蘭花實是想不通，自己偷進R國的領事館之後，會有那樣驚險的遭遇！

她向下看去，下面是一片汪洋大海，一點陸地的影子也望不到，而她繼續下降，一直到她估計離海面只有八百呎左右時，她才拉開了降落傘。

兩柄降落傘一起彈了開來，木蘭花下降的速度陡地減慢，飄飄蕩蕩，落在海面上。

她可以說是安全降落的，單就這次跳傘行動而言，這是一次完美得無懈可擊的跳傘，但是，降落在茫茫無際的海面上，木蘭花的處境似乎並沒有好多少。

木蘭花拉動救生艇的充氣塞，等到救生艇充滿了氣之後，木蘭花爬進了艇中，那是一艘恰好可以容納一個人的小救生艇。

木蘭花又將那一袋有罐頭食物的布袋拉了上來，檢查了一下。她從飛機上帶出來的食物和食水，勉強可以供她一個星期之用，這時候，木蘭花除了聽天由命之外，沒有別的事可做了！

天氣十分好，海天一色，木蘭花在小艇上躺了下來，閉上了眼睛，而小艇就在海面上飄流著。

在經歷了像剛才那樣如此驚險絕倫的經過之後，木蘭花實在需要好好地鬆弛休息一下了！

而且，在以後的日子中，還需要極其堅強的體力，才能夠忍受海上的飄流，所以，雖然木蘭花的心中仍然十分焦切，而大海中的小救生艇也絕不是休息的好地方，木蘭花還是閉上了眼睛，強迫自己休息！

透過外交途徑，由方局長出面，向R國交涉，詢問關於木蘭花的下落，可是R國的回答是：「絕無其事」，推了個一乾二淨。

一連兩天，用盡了方法，高翔想得到木蘭花的下落，安妮和穆秀珍也幾乎一直在高翔的辦公室中。

直到第二天傍晚時分，才接到了軍部的通知，一個中尉來到了高翔的辦公室，道：「兩天之前，在北太平洋上，有一架飛機，被一艘巡弋兵艦的雷達網記錄到，那架飛機直跌進了海中，事後，經過詳細的調查，都查不出這架飛機是從什麼地方飛來的。」

高翔由於幾天來極度的緊張、擔心，雙眼已經深陷，他吸了一口氣，道：「那是什麼意思？」

那位中尉道：「這就是說，有可能，這架飛機是R國的特務使用的飛機，他們有了什麼意外，照例是不公開宣布的！」

穆秀珍和安妮兩人，互望了一眼，都覺得心直向下沉，一句話也說不出來。高翔的嘴唇掀動了幾下，但是也一點聲音都沒有發出來。

那中尉抱歉地搖著頭，道：「我們所得到的資料，就是這一些了！」

穆秀珍忽然道：「有沒有那架飛機墜進海中的正確地點？」

那中尉呆了一呆，道：「有，但是，那有什麼用？」

穆秀珍悲憤交集，道：「怎麼沒有用！我們要潛水下去，找那架飛機。」

那中尉自脅下的一隻文件夾中，取出了一份海圖來，道：「這裡，小姐，這是太平洋海底大峽谷的起點，沒有人可以潛得那麼深！」

穆秀珍霍地抬起頭來，說道：「我能夠，我們能夠！」

那中尉望了望穆秀珍，又望了高翔和安妮，沒有多說什麼，就告辭離去。

穆秀珍仍然昂著頭，道：「高翔哥，就算時間過去了兩天，但我們也一定要將蘭花姐……」

穆秀珍講到這裡，略頓了一頓，她本來顯然是想說「蘭花姐的屍體」的，但是這句話，在她的喉間打著滾，她卻無論如何無法將之說出口來，而也就在這時，她只覺得咽喉之間，像是被什麼東西塞住了一樣，熱淚已經滾滾而出！

安妮低下了頭，雖然看不到她臉上的神情，但是她的淚水，卻大滴大滴地落在檯面上。

高翔神色蒼白，雙眼望著窗外，在他的雙眼之中，像是蒙上了一層無形的膜，那層膜，將他原來雙眼的神采一起掩了過去。

沒有人說話，好久好久，其間有兩個警官推門進來，看到了這種情形，也都悄悄退了出去。

過了好久，高翔才道：「秀珍、安妮，墜海的如果是那架飛機，那證明蘭花至少曾經反抗過，不然，飛機沒有理由墜海！」

安妮和穆秀珍兩人都點著頭，她們兩人都是淚痕滿面。

安妮用極低的聲音道：「蘭花姐從來就是一個最勇敢的人！」

穆秀珍抹了抹眼淚，道：「『兄弟姐妹號』隨時可以出發，我們還等什麼？」

高翔慢慢地站了起來，緊緊地握著拳，像是那樣可以稍微減輕一下他心中的痛苦，他咬著牙，道：「我們需要許多東西，例如深水潛水設備，有可能的話，我們希望能將飛機打撈起來，將R國醜惡的特務行動，暴露在全世界的面前！」

穆秀珍道：「那容易，我通知四風和五風，他們自然一定和我們一起去的。」

穆秀珍拿起了電話來，撥著號碼，她是何等堅強的人，可是當她在撥動電話號碼盤的時候，她的手指，竟不由自主在發抖！

高翔他們準備了一天。

第二天一早，「兄弟姐妹號」就出發了。

在這一天中，他們根本忙得連一分鐘的空閒都沒有，關於那艘墜海的飛機，有進一步的資料，就是飛機墜海後，有好幾艘輕型的船隻，屬於R國的，曾在附近海域出現，曾惹起一度的緊張。

但是那幾艘兵船，顯然在沒有任何收穫的情形之下離去。

這更證明那架飛機，是R國的特務飛機，而另一方面，R國的情報首長，曾經嚴厲地處分了好幾十人，卻不宣布原因。

「兄弟姐妹號」以極高的速度，駛離了本市的海岸之後，立時潛進了海底，然後，固體燃料推動強力的引擎，使「兄弟姐妹號」破水而出，以超音速的速度飛向目的地。

到了目的地的上空，正是黑夜，「兄弟姐妹號」又潛進了水中，那一帶，海底的暗流相當洶湧，長程電視攝像管伸出去，前後左右，海底的情形，分別在螢光幕上現出來，安妮負責看守螢光幕。

雲五風坐在安妮對面，他注視的，是雷達波探射儀的反應。

根據他們所得的資料，這裡，正是那架飛機失事墜海的地點。

高翔和雲四風在駕駛艙中，緊張地操作著，儀器探測的結果，海底大峽谷的深度，達到一千五百呎，如果飛機直沉進大峽谷的話，他們是無法發現的。

「兄弟姐妹號」的潛水能力，已在世界上許多潛艇之上，但是潛水的極限，也不過是一千兩百呎。超過了這個極限，整艘「兄弟姐妹號」可能被強大得不可思議的海水壓力，壓成一塊廢鐵！

這時，「兄弟姐妹號」離海面，已經是一千呎了，還在繼續下沉。超過了一千呎的深度，在深度表上，已經是紅色，那表示隨時可以發生危險，但是他們還必須向下沉去。

他們的行動，還不算是危險，最危險的是穆秀珍，她已經檢查妥當潛水設備，如果發現了那架飛機，她就要離開「兄弟姐妹號」！

穆秀珍是一個具有世界第一流潛水技術的潛水家，可是在一千兩百呎左右潛水，那是人類連想也不能想的一件事！

穆秀珍所穿的，是一件合金鋼的潛水衣，實際上等於一個圓桶，穆秀珍人藏在潛水衣中，希望可以憑著堅硬而具有韌力的合金鋼，來抵禦強大的海水壓力。

穆秀珍的手、腳都不能暴露在海水中，而只能在潛水衣中操作儀器，來代替動作。

「兄弟姐妹號」在繼續向下沉，到了一千一百呎時，紅燈閃亮，安妮的視線在幾個螢光幕上掃來掃去，電視攝像管可以將一千碼之內的情形顯示在螢光幕之上，但是，安妮卻看不到什麼。

「兄弟姐妹號」繼續在向下沉著，每一個人，都緊張得屏住了氣息。

雲五風最先出聲，打破了難堪的沉寂，他道：「雷達波有反應了，轉左十五度。」

高翔忙糾正著潛航的方向，左轉十五度，向前駛去，一面仍然緩緩地下沉。

雲五風又道：「反應來自前面八百碼處，安妮，調整電視攝像管的角度，我們應該可以看到那是什麼金屬物體的了。」

安妮忙旋轉一個鈕掣，海底是漆黑的，在那樣深的海底，幾乎沒有任何生物，螢光幕中所看到的，不是漆黑得可怕的岩石，就是一片灰色的沙。

螢光幕上，可以看到一個金屬體，尖梭型，擱在一塊極大的岩石上。

高翔忙停止了前進，那尖梭型的金屬物體，在螢光幕上，已經可以看得十分清楚，但是無論如何，都不像是一架飛機！

一時之間，各人都呆住了！

他們是為了搜尋那架飛機而來的，當雲五風說雷達波有了金屬物體的反應之際，每一個人都以為，他們找到了那架飛機！

可是，他們卻發現了這樣的一種怪東西！

穆秀珍首先道：「那是什麼？」

沒有人回答她的問題，沒有人知道，那究竟是什麼。

只有安妮低聲道：「它離開我們的距離是五百碼。」

雲四風道：「能將距離再縮短麼？」

安妮又按下了幾個掣，螢光幕上，那物體看來已近了許多，也就在這時，只見目的物物體的左側，突然有一段鐵鏈落了下來，一直向下落著，鐵鏈的一端，有著一塊方形的鐵塊。

那鐵鏈一直向下落著，落向海底大峽谷的深處，至少有好幾百呎長。

安妮忙轉著掣鈕，想去跟蹤著海底大峽谷底的情形，可是海底實在太陰暗了，一點也看不清，而雲四風在這時道：「峽谷底，雷達波又有探測到金屬物體的所在！」

穆秀珍失聲叫道：「飛機在峽谷底！」

高翔呆了一呆道：「那麼，這是什麼東西？」

高翔指著螢光幕上，那雪茄形，自鐵鏈伸出去，直達海底的奇怪物體。

雲四風的聲音很低沉，但是他的神情，卻有著一股難以形容的激動，他道：「我們來遲了！」

駕駛艙中的各人，一時之間，都不知道他那樣說法是什麼意思，所以都向他望來。

雲四風道：「那顯然是一艘深水潛艇，正在進行打撈工作！它的目的，就是那架失事飛機！」

安妮和穆秀珍兩人異口同聲道：「R國的深水潛艇？」

雲四風道：「世界上能造出這樣深水潛艇的國家沒有幾個，別的國家不會對這架失事飛機有興趣，當然是R國的了。」

高翔緊緊握著雙拳，揮動著手道：「擊沉它！」

穆秀珍也立時道：「由我來發射魚雷！」

她一面說，一面已按下了幾個掣鈕，測定那艘潛水的距離和方向，但是雲四風卻道：「別心急，將它擊毀，對我們沒有好處！」

穆秀珍睜大了眼，道：「那怎麼樣？等它發現了我們，來先發制人，對付我們！」

雲四風嘆了一聲，他自然知道穆秀珍和高翔兩人心中的激動，事實上，他自己也是同樣地激動，因為木蘭花可能已沉屍海底，在那架失事飛機中！

但是，雲四風卻仍然知道，這時，他們採取行動，對付R國的那艘潛水艇，是沒有好處的。

他盡量使自己的話聽來語調沉著，他道：「R國表面上什麼也不宣布，但是暗中卻派了這艘深水潛艇來，可知道他們有決心要弄起那架飛機來，我們對於這種深水作業，本就沒有什麼把握了……」

雲四風才說到這裡，穆秀珍已經迫不及待地打斷了他的話頭，道：「你的意思是，等他們將飛機撈了起來，我們再採取行動？」

雲四風並沒有再說什麼，因為他正是這個意思，他只是一面點頭，一面望著高翔。

自從木蘭花音訊杳然以來，高翔的心中幾乎沒有一分鐘是平靜的，他竭力要求自己鎮定，可是他發現，要鎮定下來，幾乎是沒有可能的。

這時，他看到雲四風的神情，知道雲四風是在向他徵詢意見，他苦笑了一下，道：「四風，由你決定吧，我心情太亂，要是由我來作決定，可能犯錯誤！」

雲四風在各人之中，說話最少，但這時，高翔的話出口，他就伸手握住了高翔的手，顯然，他是在表示他心中對高翔的最大的支持和安慰。

高翔也緊緊地握著雲四風的手，心中一陣發酸。

雲四風道：「好，我的意見是，我們先不採取任何行動，只是觀察對方，並且，盡一切可能，不讓對方發現我們的存在，安妮，你發動反雷達探射系統，別讓對方有機會發現我們。」

安妮答應了一聲，轉過身去，在控制台前，按下了好幾個鈕掣，那些鈕掣，控制著好幾具無線電波的反射器，發射凌亂而沒有規律的無線電波，起著干擾作用，好使對方的雷達探射失去作用。

他們五個人一起注視著螢光幕，只見那艘雪茄型的潛水艇，艇身忽然搖晃了起來。

本來，它看來是擱在一大塊海底的岩石上的，這時，艇身一搖晃，岩石上落下不少碎塊來，自潛水艇中伸出來的鐵鏈也在抖動，而且，可以看得出，鐵鏈正在漸漸向潛水艇中收回。

安妮用極低的聲音道：「他們已經有了結果了！」

隨著安妮的這句話，只見海水中升起了一陣氣泡，一個穿著深水裝的潛水人，已從黑暗的、完全無法看到的海底峽谷中升了上來。

那潛水人的深水潛水衣，形狀像一個球，潛水人來到了潛水艇的旁邊，滑入底部，在電視螢光幕上，看不清他是如何進入潛水艇的。

雲四風緩緩地道：「這是了不起的科學成就，如果不是R國一直習慣於封鎖新聞的話，我看這個人是創下了世界深水紀錄的了！」

穆秀珍有點不服氣地「哼」地一聲，道：「他們在幹這鬼祟勾當，還有什麼面目公布紀錄！」

這時，從螢光幕上看來，鐵鏈收回去的勢子似乎越來越快，不到兩分鐘，只見平靜的深海海水突然翻騰了起來，鐵鏈上升，一架飛機已然被鐵鏈吊了起來！

那架飛機還十分完整，只有左機翼折斷了一小半，鐵鏈的一端，是幾個大鉤，鉤在機窗上。

穆秀珍叫道：「他們成功了！」

高翔聲音顯得很緊張，道：「我們怎麼辦？」

雲四風立時道：「如果他們升上水面，我們也跟著升上去！」

高翔忙道：「我們來的時候，雖然未曾發現水面有什麼船隻，但是我不以為他們在水面上會沒有船隻接應。」

雲四風搖頭道：「我看不會有，因為這件事，R國在表面上裝著若無其事。這是他們醜惡的、駭人聽聞的特務行動，他們怕世界輿論的譴責，絕不敢公開，我猜他們會用這艘潛水艇，拖著失事飛機，到了他們自己的海港，才設法弄飛機上岸！」

高翔緊咬著下唇，呆了片刻，才點了點頭。

7 深水戰爭

鐵鏈在繼續收縮，那架飛機和深水潛艇之間的距離，已只有十碼左右了。

到了這時，鐵鏈停止收縮，深水潛艇也開始向上升去，一直跟著對方的那艘潛水艇，上升了七百呎，那艘深水潛艇已不再上升，而向前駛去。

深水潛艇在水中潛航的速度相當高，在向前高速航行的時候，那架飛機被拖在後面，幾乎和潛水艇平行，海水被捲起一團團的漩渦來。

雲四風和雲五風攤開了海圖，專心研究著，高翔緊張地在踱來踱去。

雲四風看了半晌海圖，才抬頭來，道：「他們顯然在趕回去。」

高翔道：「要是到了R國的港口，我們又沒有下手的機會了！」

雲四風用力一拳，擊在海圖上，道：「當然不能讓他們逃回港口去，我們在這裡下手，這裡海水十分淺，只有六百呎左右，他們到這一帶海域，一定還會上升，秀珍，我們要改變一下航行的方向，別跟在他們的後面，我們以全速趕向前去，在這個預定的地方攔腰襲擊，要一下就命中！」

雲四風下達決定的語調，極其堅決，穆秀珍大聲答應著，他們五個人，都知道那將發生的事，要是弄得不好，將是一件極嚴重的事！

他們將對R國的深水潛艇發動偷襲！而這個行動，可以說是人類歷史上從來也未曾有過的深水戰爭！

將這種行動，形容為「戰爭」，或許不怎麼恰當，但是那是真正的戰爭，世界上科學技術發達到能夠參加這種戰爭的國家，還真不多！

穆秀珍改變著航線，「兄弟姐妹號」不再尾隨追蹤，而向左駛了開去，五分鐘之後，那艘深水潛艇已在螢光幕上消失了！

這時，每一個人的心中，多少是有點冒險的，因為他們準備在那個海域中進行伏擊，但如果對方不經過那個海域的話，他們就無法再繼續進行跟蹤了！

「兄弟姐妹號」以全速在海中潛航，船身也不禁發生輕微的震盪，它又上升了兩百呎，雲四風一直在測著海域圖。

度過了極其緊張的一小時後，從電視螢光幕上看來，前面的海底十分平整，全是細而潔白的海沙，那正是他們準備伏擊對方的區域。

「兄弟姐妹號」的速度已經減慢，終於，在一大堆礁石後停了下來。

在那段時間中，安妮和雲四風緊張地操作著雷達系統，在尋找R國深水潛艇的下落。

又過了五分鐘，安妮陡地叫了起來，道：「他們來了！看！」

安妮指著雷達顯示屏，一個亮綠點正迅速地在接近，「兄弟姐妹號」的駕駛艙中，在那一瞬間，每人都緊張得屏住了氣息。

雲四風和那個亮綠點望了一眼，便向穆秀珍揮了揮手。

穆秀珍等那一刻的到來，已經等得太久了！

她立時坐在控制台前，將手指放在一個紅色的掣鈕上，同時，用心地檢查有關的儀表。

安妮的聲音，因為緊張，而聽來有點異樣，她不斷在報告著對方的位置和距離，直到長距離電視攝像管又令得R國深水潛艇出現在螢光幕上為止。

那艘深水潛艇仍然以極高的速度向前駛來，那架飛機也仍然拖在離艇尾三十碼處。

雲四風注視著螢光幕，一字一頓地道：「準備射擊，注意儀表，當對方的艇首離我們二百碼，而成七十度角時，發動攻擊！」

穆秀珍校正著瞄準儀器，雲五風仍在道：「瞄準艇首，計算對方的速度！」

穆秀珍緊張地操作著，轉過頭來，道：「算好了，最佳的發射時間，會有紅色警號！」

如果那艘深水潛艇是靜止不動的，那麼，要擊中它，絕不是什麼難事，但是，對方卻是在高速航行之中。

「兄弟姐妹號」在發動攻擊之前，必須將對方的航行速度，和魚雷的發射速度，經過精細的計算，才能使魚雷準確地擊中對方，這中間，是一點誤差也不能有的。如果有差誤的話，魚雷可能擊不中對方，更有可能擊中曳在艇尾的飛機上。

這兩種情形，不論發生了任何一種，對高翔他們來說，都是極度不利的，擊毀飛機，自然違背了他們的願望，而要是一擊不中的話，對方的攻擊設備，一定遠在「兄弟姐妹號」之上。

只要對方一有機會還擊的話，「兄弟姐妹號」再升上水面的機會，就幾乎等於零。

那兩三分鐘的等待，更是緊張得令人氣也透不過來，突然之間，一盞紅燈亮了起來，同時，發出「嘟嘟」的聲響。

那「嘟嘟」的聲響，每隔一秒鐘響一次，響到第十下，穆秀珍緊張得連氣也透不過來了，她不由自主發出了「啊」地一聲大叫，手也向下按了下去！

她發出那一下大叫聲，實在是一點意義也沒有的，雖然這時，她是在和敵人進行生死存亡的鬥爭，但是，他們交手的工具，全是現代科學的尖峰，而不是手中拿著刀向對方砍去。她的大叫聲，絕對沒有聽到的可能。

但是，事實上，情形是一樣的，不由自主的呼叫，是決一死戰的決心，是叫給自己聽，或者說，那是人在如此情形下，自然的反應！

隨著穆秀珍的一聲大叫，一枚魚雷已然激射而出。

「兄弟姐妹號」從來也未曾設計為一艘攻擊性船隻，它只有一點攻擊設備，全是為了自衛而設計的，因為在海中航行，什麼事都可能發生。

所以，這枚魚雷十分小，不到兩呎長，直徑只有幾吋，在海水中，以極高的速度衝向前，看來像是一條受了驚嚇的劍魚一樣。

也正是由於那枚魚雷的體積如此小，所以他們才能成功，那艘深水潛艇，直到這枚魚雷離它已然只二三十碼時才發覺，看來它是準備急驟停止，好讓魚雷射空。

但是，它原來是在高速潛行的，在水中要立時停止，是無法做到的事，它仍然向前衝來，和激射向它的魚雷迎面相撞。

當魚雷和深水潛艇相撞，發生爆炸之後的半分鐘之內，螢光幕上所看到的，只是凌亂的水泡，和被激得揚起的海水。

半分鐘後，才漸漸可以看到他們這次攻擊的結果，只見那艘深水潛艇的前半截已經不見了，後半截連同飛機一起半埋在海沙之中，被爆炸力量激起的海沙，還在向下沉，眼看就要將潛艇和飛機一起蓋沒了！

雲四風大叫了一聲，道：「準備出動！」

穆秀珍和高翔兩人，以最快的速度換上了潛水設備，「兄弟姐妹號」也向前駛去，到了那艘被毀的潛艇的附近，穆秀珍和高翔離開「兄弟姐妹號」，進入了海水之中。

他們向它游了兩三分鐘，已經伸手可以碰到那架飛機了，這時，海沙已經完全下沉，海水又恢復了澄澈。

穆秀珍迫不及待地想要從機窗中潛進去，可是這時，無線電通訊儀中突然傳來了雲四風的聲音，道：「小心，潛艇中人有浮出來了！」

高翔和穆秀珍同時聽到了警告，他們立時在機身旁停止不動，只見自那艘潛艇中，有一個人撥開了浮沙，向上升來。

高翔立時向前游去，那人像是也發現了高翔，立時向前游出，可是高翔比他游得更快，不一會就追上了那人。

那人轉過身來，高翔一伸手，就拉住了他的氣筒的氣管，那人轉過身來，揚手向高翔，可是高翔已將他拉近身來，箍住了他的頸。

那人用力掙扎著，穆秀珍這時也趕了過來，兜心口就向那人打了兩拳，那人掙扎得慢了下來，高翔和穆秀珍一起拖著人向「兄弟姐妹號」游去。

穆秀珍拉下了頭罩，通過無線電對講機，道：「我們已抓到了他，快將他弄進船去！」

「兄弟姐妹號」的船身旁，打開了一個圓洞，穆秀珍和高翔將那人塞了進去，那人像是知道已沒有希望了，是以停止了掙扎。

那人一被塞進了那個圓門，圓門便自動移上，在那圓門裡面，是一個很小的空間，當圓門移上之後，自動的排水系統就會將水抽出去，然後，再緩緩調整壓力，大約需要經過兩分鐘，雲四風他們就可以打開另一扇門，將那人帶進去。

穆秀珍又道：「先給那傢伙吃點苦頭，我和高翔到飛機內去找……」

她本來是想說「到飛機中去找蘭花姐」的，但是，當她的話說到一半時，陡地想起，要是在飛機的機艙中找到了木蘭花的話，那情形實在是不堪設想的，是以她立時住了口。

而高翔也正急著要向飛機游去，他和穆秀珍兩人，不一會就到了飛機旁，意外地發現機門打開著，機艙中早已灌滿了海水。

他們相繼從機門游了進去，著亮了燈，在燈光的照耀下，他們立時發現三具屍體，兩具在機艙中，屍體浮起，頂在機艙的頂上，浮不出來，另一具在駕駛艙中，被夾在駕駛位下。

飛機很小，如果有第四具屍體的話，他們是一定可以看得到的。

但是，除了那三具屍體之外，他們卻沒有特別的發現，高翔在機艙中，扶著座椅，向機尾慢慢移動著。

而這時，他們同時聽到安妮的聲音，安妮叫道：「秀珍姐，高翔哥，你們快回來，我們俘虜的是一個極重要的人物，他有有關那架飛機最新的情報！聽來，好像蘭花姐沒有死！」

高翔吸了一口氣，道：「真的？我們在這裡，找不到蘭花！」

安妮的聲音高興得像是在哭，她叫道：「那太好了，你們快回來。」

穆秀珍返身向外游去，高翔跟在她的後面，兩人先後出了機艙，來到「兄弟姐妹號」之旁，那小圓門打開，他們游了進去。

一分鐘之後，小圓門內密室的海水排乾，他們又等了片刻，另一道門打了開來，穆秀珍和高翔除下了頭罩和潛水衣，安妮在門口，迫不及待地拉著穆秀珍的手，一起走了進去。

等到他們來到駕駛艙中時，只見被他們在水中制服的那人，身形很魁梧，但是神情很沮喪，他低著頭，坐著不動，他的左肩上，有著一處傷口，雲五風正在用紗布替他包紮著。

高翔和穆秀珍才一進去，雲四風便道：「高翔，秀珍，我們來替你們介紹我們的客人，他是R國情報部門的高級官員，圖烈少將。」

高翔和穆秀珍不禁呆了一呆，他們互望了一眼，剎那之間，他們都有一種騎虎難下的感覺！

因為他們不但擊毀了R國的一艘深水潛艇，而且，還將R國的一個高級情報人員抓了來。

目前的情形，自然是他們佔了上風，可是，他們將如何處理這個俘虜呢？如果他們是和R國敵對的一個國家，那自然容易得多，可是他們卻不是，他們只不過是平民，他們是為了尋找木蘭花，才發生這一連串的事的。

當雲四風介紹的時候，那位將軍略抬起了頭來，望了高翔一眼。

高翔先拋開了如何處置這人的念頭，他心中極想知道的是木蘭花的遭遇，是以他立時踏前了一步，大聲道：「木蘭花怎麼了？」

圖烈少將現出一個無可奈何的苦笑來，道：「木蘭花，她——簡直不可思議，我們派出兩個極能幹的人，已經將她麻醉了帶上飛機，將要著陸的一剎那間，就發生了變化，看來是木蘭花控制了飛機，是以飛機一直飛出了國土。」

高翔的面色鐵青，盯著對方，圖烈少將才住了口，他就喝道：「說下去！」

圖烈少將舐了舐嘴唇，道：「我當時在機場主持工作，飛機忽然在著陸後又起飛，我命令追擊，有七架戰鬥機去截擊，但一來由於倉促起飛，燃料不足；二來，那架飛機好像一度又落入我們的人的控制之中，逕飛回來，突然又再度改變方向，終於逃走了。」

高翔閉上了眼睛片刻，不論他的想像力多麼豐富，他都無法想像，在那一小時之內，在那架飛機上所發生的驚心動魄的鬥智和鬥力。

高翔緊張得胸口有些發痛，道：「以後怎麼樣，有沒有木蘭花的消息？」

圖烈少將搖著頭，道：「沒有。」

高翔道：「機門是誰打開的？」

圖烈少將道：「潛水員的報告是，機艙的門，在他到達之前就已經打開了。」

穆秀珍忙問道：「那表示什麼？」

圖烈少將道：「有兩個可能，一是飛機在落海之前機門已經打開，一是落海之後，但是前一個可能較大，潛水員作了詳細的檢查，發現飛機的燃料完全用光了，而且，少了一副主駕駛員用的救生設備，包括降落傘、救生艇在內。」

安妮立時插言道：「高翔哥，可能是蘭花姐使用了這副救生設備，在飛機墜海之前，她已經跳出了飛機！」

高翔、雲四風、穆秀珍和雲五風，心頭都不禁「怦怦」跳著，這種情形使他聽來又生出了希望。

高翔為了想要得到第一手的資料，是以他急急問道：「那潛水員呢？」

圖烈少將笑著，道：「死了，你們的魚雷擊中潛艇時，我們四個人中死了三個，只有我逃了出來，但是也受了傷！」

雲四風道：「將軍，以你的工作經驗而論，你認為目前木蘭花怎麼樣了？」

圖烈少將表現得很合作，他側頭想了片刻，才道：「雖然想起來並不可能，但是木蘭花既然能在那樣的情形下奪得飛機的控制權，她自然也可能預知燃料將用完，事先離開了飛機！」

他說到這裡，略頓了一頓，才道：「如果是那樣的話，她應該落在海面上了。」

安妮尖聲道：「已經好幾天了！」

高翔道：「你們飛機上的救生設備怎樣？」

圖烈少將道：「包括食水和食物、橡皮艇，在七天之內，足可以維持！」

高翔霍地轉過身來，道：「安妮，快和國際警方聯絡，請他們供給這一帶四天來的氣象，海流記錄，和經過這一帶的船隻記錄！」

安妮答應了一聲，一面在通訊儀前，和國際警方聯絡，一面心中千遍萬遍地在禱念著：保佑蘭花姐沒有事，保佑蘭花姐沒有事！

這四天來，木蘭花的確平安無事，平靜得一點事情也沒有發生過。

對木蘭花當時的處境而言，這並不是一個理想的現象。

在木蘭花而言，她希望越有事發生越好，最好的，自然是能遇上一艘船，那麼，她就可以獲救了。

但是四天來，在茫茫的大海之中，除了不時冒出水面的大魚的背脊之外，她看不到任何的生物。雖然她的食水和食物還可以維持，但是，四天飄流也絕不是愉快的事。

而且，繼續飄流下去，是不是能遇到船隻，是完全不可預知的事。海洋實在太大了，雖然隨時隨地，有幾千艘船在海上行駛，但是，和無垠的大海相比較，那幾千艘船和一枚針，是沒有什麼差別的。

第四天傍晚時分，眼看艷紅的太陽又自水平線上沉了下去，滿天紅霞轉為深紫色，轉眼之間，天色又已黑了下來。

木蘭花嘆了一口氣，看來，她得準備第五天的海上飄流生活了。

在這四天來，她獨自一人在海上飄流，使她有機會想起很多很多的事，不是有了這樣的變化，她是絕沒有機會這樣靜下來想那麼多事的。

木蘭花想到自己這幾年來，驚濤駭浪似的生活，也想到自己的家庭，海水平靜得像是靜止一樣，如果天氣一直那麼好，她自然可以支持得久些，但如果天氣起了變化，那就難說了。

然而，木蘭花卻一點也沒有辦法，人力無論多麼強，絕然無法和自然抗衡，木蘭花只好聽天由命了。

當天色完全黑下來之後，她合上了眼睛，當她睡醒之際，滿天星星，映得海面上泛出一絲一絲，閃耀不定的銀光，那情景是極度美麗的。

木蘭花望著漆黑的海面，突然之間，她看到遠處，好像有亮光閃了一閃。

木蘭花揉了揉眼睛，她知道，一個被困在大海或是沙漠中的人，是最容易發生幻覺的。

然而，當她揉了揉眼睛之後，那一點燈光，看來變得更明顯了！

木蘭花不由自主大聲叫了起來。但是當她叫了幾聲之後，她立時發覺，她的叫喊聲是全然不起作用的，她急忙找出一盞燈來，用力轉動著摩擦發電的設備，使那盞燈亮了起來。

然後，她將燈對準了有燈光傳來的地方，閃著燈光。

木蘭花利用那盞燈，不斷地發出緊急的求救信號。

現在，木蘭花已經可以肯定，她看見的燈光，是一艘船發出來的，而且，那艘船正向著她駛了過來，木蘭花高興得站了起來。

橡皮艇很小，人一站了起來。就左右搖擺不定，木蘭花只是站了起來，揮了兩下手，便又跌倒在艇上。

這時，那艘船已來得更近了，木蘭花看出那艘船相當小，照說，在汪洋大海之中，是不應該有那麼小的船隻航行的，所以木蘭花不禁呆了一呆，一時之間，她不能確定這艘船向自己駛來，究竟是禍是福。

凡是在情形不能作正確判斷的時候，木蘭花總是要預作最壞的打算，那樣，才不至於事到臨頭，倉促無計，這也是她在許多次，處在幾乎毫無希望的絕境之中，能令她反敗為勝的原因之一。

這時，她立時考慮到：這艘船，是不是R國派來尋找她的下落的呢？可是，她只不過想一想，便立時放棄了這個念頭，因為在那一瞬間，向著她疾駛而來，離開她約莫還有四五百碼，突然大放光明，著亮了所有的燈。

而當那艘船著亮了所有的燈之後，木蘭花一眼就認出了它是「兄弟姐妹號！」剎那之間，木蘭花的心情激動得難以言喻，她想叫，可是卻一點聲音也發不出來，喉間像是有什麼東西梗塞住了一樣！

真的，還有什麼，比在海上飄流了整整四天之後，突然又看到自己最親切、最熟悉的船隻更高興的事呢？

「兄弟姐妹號」的來勢極快，木蘭花也曾在那一剎間，以為那是自己在大海上飄流太久而產生出來的幻覺，但是，她立即聽到呼叫聲。

一時之間，她無法分辨呼叫聲究竟是由誰最先發出來的，但是，那一陣陣的呼叫聲，卻令她心頭發熱，她聽得出，那是許多人的呼叫聲，有高翔的，有穆秀珍的，有安妮的，有雲四風的，甚至，也有溫文爾雅、平時絕不提高聲音講話的雲五風的叫喊聲。

木蘭花也叫喊了起來，她又站了起來，揮著手，「兄弟姐妹號」來得更近了，也減慢了速度。

木蘭花已經可以看到站在船頭和舷上的那些人，那全是她的親人，木蘭花不是感情容易激動的人，可是這時，她也不禁感到熱淚盈眶了！

「兄弟姐妹號」來得更近，一根繩索拋了過來，木蘭花接過了繩索，繫在艇上，橡皮艇靠近了「兄弟姐妹號」，木蘭花正待登上甲板，穆秀珍已大叫一聲，跳了下來，緊緊抱住了木蘭花。

8 歷險歸來

由於穆秀珍向下跳來時的力道，小小的橡皮艇幾乎翻側，木蘭花和穆秀珍相擁著，差一點就一起滾進了海中，高翔、雲四風和安妮都尖聲叫了起來。

穆秀珍掙扎著站了起來，和木蘭花一起擠上了甲板。

木蘭花上了甲板之後，和每一個人都熱烈地握著手。

高翔情不自禁擁住了木蘭花，木蘭花笑著將他推了開去，道：「你們怎麼會找到我的？」

她問出這句話，才發現在艙門口站著另一個人，那人身形魁梧，但是面目看來很陰森，木蘭花呆了一呆。

穆秀珍不等她發問，已經道：「蘭花姐，這位是圖烈少將，R國情報局的高級官員。」

木蘭花怔了一怔，她無法想像，何以一個地位那樣重要的人物，會在「兄弟姐妹號」上！

圖烈少將也向前走來，他伸出了手，道：「蘭花小姐，除了佩服你的智勇之外，我沒有別的話可以說了！」

他一開口，木蘭花便「啊」地一聲，因為圖烈的聲音，她絕不陌生！

當她在那架飛機之中九死一生，駕著飛機亡命之際，就不斷在飛機的無線電電訊儀中，聽到由機場控制室中傳來的R國的保安首長的聲音，那聲音要木蘭花將飛機飛回去，而且，威脅著要擊落那架飛機，那正是圖烈少將的聲音。

安妮在木蘭花的身邊，聽到木蘭花一叫，她忙問道：「蘭花姐，怎麼了？」

木蘭花笑道：「這位將軍的聲音我很熟，他曾威脅著要擊落我所駕駛的飛機！」

圖烈少將現出一個苦澀的笑容來，道：「各位，你們留住我也沒有用，我自然不以為你們會送我回去，只想請你們供應我食水和食物，並且將這艘救生艇給我，這總可以吧！」

高翔等人都望著木蘭花，他們本來就對處理圖烈少將這件事覺得十分難以解決，現在，他們已經和木蘭花重新會合了，那正好由木蘭花來解決這個難題。

木蘭花還全然不知道圖烈少將是如何在「兄弟姐妹號」上的，但是她知道，圖烈少將是一個極重要的人物，他的重要程度，如果說他對整個世界的安全都舉足輕重，也絕不算是過分。

而且，木蘭花也可以料得到，圖烈少將之所以會在「兄弟姐妹號」上，一定有一段十分曲折的經歷。

所以，她在略想了一想之後，就道：「將軍，我們只不過是平民，對於世界各國特務間諜的活動，可以說一點興趣也沒有。如果不是貴國人員首先對我採取行動的話，我想我們之間，根本沒有任何接觸的可能！」

圖烈少將的臉色多少有點尷尬，但是他立時抗聲道：「蘭花小姐，別忘了，你是在我們的領事館內被麻醉過去的。」

木蘭花微笑著道：「如果要追根究柢的話，那麼，就得先講講那位白癡，他本來是一個極其出色的間諜，以及你們所謀殺的那些人！」

圖烈少將苦笑了一下，他的嘴唇動了動，看來，他像是還想申辯什麼，但是卻沒有出聲。

安妮輕輕拉了一下木蘭花的衣袖，低聲道：「蘭花姐，你進入領事館之後，很久沒有出來，我曾偷偷進去過，看到了一件極其驚人的事。」

木蘭花揚了揚眉，向安妮望去。

安妮在領事館發現的有關狄諾的事，她是完全不知道的，而安妮急於讓木蘭花知道這件事，木蘭花一向她望來，她就急急地道：

「他們將狄諾變成了白癡，而狄諾看到過的任何東西，他們都可以通過一副儀器，使之在螢光幕上還原現出，狄諾在經過他們的改造之後，變成了一具活的錄影機！」

木蘭花深深地吸了一口氣，海面上的空氣極其清新，可是在那瞬間，木蘭花的心中，卻有著一股極其悶塞之感。

安妮所說的話，是匪夷所思的，但木蘭花自然知道，安妮並不是憑空捏造出來，而是她的的確確看到了這種情形。

老實說，安妮的想像力雖然豐富，但是要她假想出那樣的一件事來，也是不可能的。

木蘭花沉著臉，甲板上變得十分寂靜，圖烈少將聽不懂安妮和木蘭花的中國話交談，但是他顯然知道，安妮和木蘭花一定在討論著極其嚴重的事。

木蘭花在過了好久之後，才徐徐地道：「現在，我知道你們為什麼綁走我了，高翔，一切全是他們的計劃，他們先利用狄諾，來探索雲氏工業系統的秘密，我相信他們已大有所獲了！」

木蘭花講到這裡，向雲四風和雲五風望了一眼。

雲四風苦笑著，攤了攤手，道：「恐怕是，因為誰也不會提防一個白癡的。」

木蘭花又道：「他們在狄諾的身上得到成功之後，又不死心，還想拿我來當作他們新發明的試驗品！」

這實在是一件極其可怕的事，要將木蘭花變成一個白癡！

安妮一聽得木蘭花那樣說法，不由自主「啊」地一聲叫了起來，穆秀珍則狠狠地瞪著圖烈少將。

木蘭花又道：「一切全是他們早已計劃好的，連那張狄諾衣袋中的動物園入場券在內，他們知道我遲早會偷偷進領事館去，早已作了準備！」

高翔嘆了一聲，道：「原來事情一上來，我們就墮進了圈套，那場假示威，只怕一開始的時候，他們的特務就在暗中竊笑了！」

木蘭花又吸了一口氣，道：「這是一個周詳得無懈可擊的計劃！」

木蘭花在說那句話的時候，已經改用了英語，同時她望定圖烈少將，繼續道：「如果不是在飛機著陸的那一瞬間，我控制了飛機的話，將軍，現在我已經變成一個白癡，變成你們探索秘密情報的活動工具了，像狄諾一樣，是不是？」

圖烈少將的身子陡地震動了一下，他並沒有回答木蘭花的問題，只是喃喃地道：「我不知道在什麼地方犯了錯誤，我們一切順利地進行著，直到你忽然控制了飛機為止。」

木蘭花冷冷地道：「為什麼你不埋怨你的手下，使用麻醉劑數量不足？」

圖烈少將搖著頭，道：「不必埋怨，那是不可能的事，我們使用的麻醉劑，足可以使你昏迷過去，到完全落在我們手中為止的。」

圖烈少將講到這裡，向木蘭花望了一眼，現出了滿面疑惑的神色來，又道：「可是，我不明白，你卻在我們計算的時間之前，至少提早了一小時，就自被麻醉的狀態中恢復了過來。」

木蘭花笑了起來道：「少將，你的確是不容易明白的，事實上，這種情形，在科學上也無從解釋，那是東方人特有的事，你知道印度的瑜珈術嗎？」

圖烈少將點了點頭。

木蘭花道：「我只不過拿瑜珈術來作一個比喻，一個對瑜珈有深刻造詣的人，他可以有異乎尋常的體質，甚至幾天不眠、不食、不飲，他可以忍受任何惡劣的環境，做出超乎科學的事來。」

圖烈少將仍然皺著眉，看來他仍然不明白。

這時，別說圖烈少將不明白，連高翔等人，也不知道木蘭花想引證一些什麼。

木蘭花卻像是談到了她最感興趣的問題，興致勃勃地道：

「一九五八年到一九六〇年這三年之間，有關喜馬拉雅山『雪人』的傳說甚多，很多探險隊攀登山峰，去尋找雪人，可是結果，他們沒有發現雪人，卻發現了很多在冰窟雪地之中，靜坐修行的印度人和西藏人，這些人，在冰天雪地之中，連最起碼的食物都沒有，從科學的觀點來看，他們是不可能生存的，但是他們卻生存著，有的人，甚至已度過了十幾年！」

圖烈少將點著頭，道：「是的，我們也有一個探險隊進行過活動，有過類似的報告。」

木蘭花道：「少將，現在要說到我了，為什麼你們的計劃會失敗，我會在你們意料不到的情形之下，提早醒了過來，那是因為我自小就受嚴格中國武術訓練的結果。在神妙莫測的中國武術之中，有一門叫做『氣功』，簡單地來說，這門功夫，是訓練人從控制呼吸開始，達到抑制神經系統的活動為目的，當我在被麻醉過去之際，我知道有極大的不幸會降臨在我的身上，所以作了準備，這便是我能提前醒來的原因，如果你以為那是偶然發生的，那就錯了！」

對一個外國人而言，木蘭花對於玄妙的氣功的解釋，可以說已經極其詳盡了。但是，這一類事物，和悠久的、傳統的文化息息相關，決計不是一個對中國傳統文化毫無認識的人，能在片刻之間所能瞭解的，所以圖烈少將仍然搖著頭。

木蘭花也不再作進一步的解釋，她大聲道：「我們全在甲板上幹什麼？為什麼不進船艙去？」

圖烈少將忙道：「關於我剛才的請求……」

木蘭花道：「少將，你放心，我們決無意留住你，但是我還需要瞭解更多的情況，以及證明我的一些推理，你能幫助我麼？」

圖烈少將嘆了一聲，道：「我知道你們一定會讓我走，但是就我的身分而言，我不能多給你們什麼消息！」

木蘭花笑了起來。所有的人都進了艙中，高翔開了兩瓶香檳，連從來不喝酒的雲五風，也痛飲了一大樽。

木蘭花在各人的敘述中，知道了他們尋找她的過程，在高翔他們得到海域的風向和海流的資料之後，要尋找木蘭花，自然不是如何困難的事，事實上，在那幾天中，木蘭花的橡皮艇，只是在一個直徑一百哩的緩慢漩渦型的海流之中打轉。

木蘭花聽完了之後，望了坐在一角的圖烈少將一眼，道：「你們行事也太不計後果了，擊毀了R國的深水潛艇，這事如何善後？」

穆秀珍立時道：「蘭花姐，別怪我們，那時，我們以為你在飛機裡。」

木蘭花瞪了穆秀珍一眼，道：「這更不像話了，要是我在飛機內，將我弄出來，又有什麼用？」

安妮緊握著木蘭花的手，道：「蘭花姐，我從來也沒有那麼擔心過！」

木蘭花輕輕拍著安妮的肩頭，道：「好了，現在，事情已經過去了，我想，我們應該好好和圖烈將軍談一談，才是辦法！」

木蘭花這兩句話，又是用英語說的，坐在一角的圖烈少將，挺了挺身子。

木蘭花望了他一會，才道：「少將，現在我們來討論一下你的處境問題，請你別將我們當作敵人，當作朋友，你能做到這一點麼？」

圖烈少將呆了片刻，搖了搖頭。

木蘭花的聲音仍然很誠懇，她道：「那麼，至少別將我們當敵人！」

圖烈少將道：「那可以。」

木蘭花移了移椅子，道：「少將，我想，將一個異乎尋常的天才人物，改造成一個白癡，作為你們探索情報的工具，這個駭人聽聞的秘密計劃，一定是由你來主持的，是不是？」

當木蘭花開始說的時候，圖烈少將現出駭然的神色來，顯然他是因為木蘭花知道了他的計劃，而大受震動，但是接著，他就木然不出聲。

木蘭花笑了一下，道：「你不回答也不要緊，事實上，你的計劃已經不是什麼秘密了，而且我還準備回去之後，將我的親身經歷撰寫一篇文章，我想，世界上一定有很多極具影響力而銷路極廣的雜誌，對我這篇文章內容感到興趣的。」

圖烈少將顯然是想力持鎮定，但是他卻難以掩飾地，表現出來坐立不安的情形來。

木蘭花嘆了一聲，道：「對你來說，這自然是一件不幸之極的事，不過，中國人有一句話，最能表現東方的哲學觀，這句話是：『塞翁失馬，焉知非福』，你知道這句話背後的故事麼？」

圖烈少將仍是木然坐著，毫無反應。

木蘭花詳細地講了「塞翁失馬」的故事，圖烈少將現出一個苦澀的笑容來。

木蘭花又繼續道：「我知道你們國家的情形，少將，你要在你們國家的情報部門，爬到如今那樣高的位置，那絕不是一件容易的事，我猜你參加情報工作，至少有三十年了吧，在這三十年中，你做了多少出賣同事，討好上級的事？你不必否認，不是經過血淋淋的鬥爭，你絕難有那樣高的地位！」

圖烈少將顯然被木蘭花說中了心事，他的面部肌肉，在不由自主簌簌地跳動著。

木蘭花笑了一下，道：「你自然更明白，你雖然地位極高，但是卻和坐在火山口上，沒有什麼分別，你曾經如何擠掉你的上級，你的部下，也會用同樣的手法將你擠下去！」

當木蘭花說到這裡時，圖烈少將突然神經質地叫了起來，道：「他們不敢，他們全是我一手培養起來的！」

木蘭花冷笑著，道：「你這個位置，以前是什麼人的？只怕也是將你培養起來的那個人的吧，他現在在哪裡，是以『國家的敵人』的名義被槍斃了呢？還是被放逐了在做苦工？」

圖烈少將身子劇烈地發起抖來，他雙手捧住了頭，神情極其驚駭。

木蘭花又道：「而現在，你主持的工作出了那樣大的漏洞，我敢擔保，在我駕著飛機逃走之後，你的部下已在整理你的資料了，再加上深水潛艇被炸毀，你如何向你的上司交代？」

圖烈少將喃喃地道：「我可以解釋！」

木蘭花笑了笑，道：「如果你以為可以回去解釋的話，我決不反對，好了，你需要多少食物？當你一下救生艇之後，我們就可以通知人來救你。」

圖烈少將站了起來。

可是，當他站起之後，他身子發著抖，卻只是站著，並不向外走去。

過了好一會，他才囁嚅地說道：「我……應該怎麼辦？」

木蘭花搖頭著道：「我不能提供意見，我只不過提醒你，如果你回去，你的處境是如何不平常而已！」

圖烈少將雙手再度捧著頭，他坐了下來，又立即站起，在船艙中不斷地踱來踱去。

穆秀珍不耐煩起來，想要叱喝他，但是木蘭花卻向穆秀珍做了一個手勢，低聲道：「秀珍，讓他去考慮，他正面臨著他一生之中，最大的一個決定！」

穆秀珍還有點不明白，說道：「他能有什麼決定？」

木蘭花卻並不回答這個問題，只是望定了圖烈少將。

圖烈少將也在這時站定了身子，雙手在臉上用力地抹拭著，看來神態十分疲倦，要知道，鄭重的考慮，的確是一件使人心力交瘁的事。

他站定了之後，先是嘴唇抖動著，但起先並沒有聲音發出來，直到半分鐘之後，他才道：「蘭花小姐，請你們將我帶到最近的港口去，在那裡，我會投向西方國家的領事館！」

木蘭花深深地吸了一口氣，道：「少將，一個背叛自己曾為之服務了幾十年的機構，是一件很痛苦的事。但是，任何事情，都有正義和非正義的兩面，我不擅於處理政治問題，我卻可以肯定，你們的情報機構，甚至發展到了利用人，將人變成白癡作為工具，那是極不人道，非正義的，所以我很高興你有這樣的決定。」

圖烈少將如釋重負地坐了下來，道：「蘭花小姐，你也得承認，這是科學上的巨大成就，我們已經可以使人腦部的記憶，擴大微弱的腦電波活動將之形象化，在螢光幕上顯示出來。」

木蘭花道：「是的，這是一項重大的科學成就。事實上，從來也沒有人輕視貴國的科學成就，但是，科學成就用在如此卑鄙的不人道的用途上，這是人類之差，絕不是人類光榮！」

圖烈少將低下頭去，不再說什麼。

木蘭花嘆了一聲，道：「諾貝爾發明了烈性炸藥，後來看到他的發明被用來作大規模的殘殺，又創立了和平獎金，或許人類就是那麼矛盾！」

圖烈少將苦笑道：「真是矛盾吧，事實上，我計劃的下一步，是通過一連串儀器，對被控制的人的腦部，直接下達命令！」

木蘭花等人互望了一眼，雲五風忽然道：「少將，請原諒我的好奇，你們是不是對狄諾的腦部，進行過一種精密的手術？」

圖烈少將想了一會，像是決定是不是應該回答雲五風這個問題。

但是，他只是考慮極短的時間，便坦然道：「是的，我們曾替狄諾進行腦部手術，在他的腦中，藏了兩個極微小的電極裝置，當我們需要他的記憶之際，就用一根金屬絲，刺進他的腦部，和電極裝置接觸，再配合催眠術，使他的腦部起記憶性的活動。」

安妮道：「這正和我看到的情形一樣！」

雲五風又問道：「這種電腦裝置，難道對人沒有不良的影響？」

圖烈少將還沒有回答，安妮已然道：「五風哥，你怎麼那麼的天真，狄諾不是變成了一個白癡了麼？」

雲五風道：「這，我自然知道，我只不過想問，是不是可以令他恢復正常！」

圖烈少將道：「理論上是可以的，但是他們一定不會那樣做。不過，我看在我離去了之後，他們也絕不會再繼續同樣的工作了，因為世界各國的情報人員，都知道提防白癡，那就沒有意義了。」

他講到這裡，略頓了一頓，才又攤開雙手，說道：「不過，我卻沒有力量可以阻止他們實行另一個計劃，因為我們已經發現移置人類腦部的電極裝置，如果有可能，變得較為複雜的話，就可以直接刺激一個人的行動，使那個人變為徹底的工具！」

安妮低聲道：「那太可怕了！」

木蘭花鎮定地微笑著，道：「我想，那是不可能成功的事！」

圖烈少將向木蘭花望來，木蘭花道：「或許我的話沒有什麼根據，但是我始終認為，不論一小撮的人，野心多麼大，始終難以做出極度違反自然的事來，每一個人有每一個人自己的意志，這是自然而然的事！」

圖烈少將想了一想，道：「也許。」

木蘭花笑道：「現在，剩最後一個問題了，請問，為什麼選中了我？」

圖烈少將苦笑道：「這是我最大的錯誤，我們以為你有過如此高超的活動記錄，如果能夠供我們利用的話，那是最理想的事了，誰知道……」

圖烈少將攤了攤手，神情極其尷尬。

他們想將木蘭花當作和狄諾一樣地改造，結果如何，已是人人皆知了！

穆秀珍首先笑了起來。

雖然，當著圖烈少將發笑，是很不禮貌的一件事，可是連木蘭花在內，都忍不住笑出聲來，最後，連圖烈少將自己也笑了起來。

「兄弟姐妹號」以全速航行，第二天，就泊進了最近一個港口城市。圖烈少將在這個城市的碼頭上岸。

當圖烈少將和木蘭花他們分手的時候，雙方都保證，絕不提及圖烈少將如何會到達這個港口的經過。

當高翔和木蘭花一起上岸，親眼看到圖烈少將進入了某國領事館之後，他們才回到碼頭。

而等到「兄弟姐妹號」回到本市之後，圖烈少將的名字，雖然未曾引起什麼人的注意，可是R國和某國之間的外交新聞，卻轟動世界。

木蘭花看著報紙，不禁發出微笑來，她指著報紙向安妮說道：「你知道為什麼嗎？」

安妮揚了揚頭，說道：「自然知道，圖烈少將甚至將R國外交界中的特務人員名單也交了出來！」

那時，正是在早餐桌上，高翔放下手中的咖啡杯，道：「蘭花，安妮在你進入領事館之後，也不和我商量，私自偷進領事館去冒險，你得告誡她一下才好！」

安妮聽得高翔那樣說，立時低下了頭，一聲也不出。

木蘭花望了她一會，才道：「安妮，我們都是自己人，為什麼你要單獨行動？」

安妮委屈地道：「我和高翔哥說過的，可是他說什麼也不肯。」

高翔道：「我自然不肯，你還小！」

安妮抬起頭來，她的神情和語音卻十分鎮定，她道：「蘭花姐，高翔哥，你們兩個都錯了，我已經不小了！」

高翔和木蘭花都驚愕地望著安妮，安妮也望著他們。

安妮伸出手指放到了嘴邊，想去咬指甲，可是手指一到嘴邊，立時又縮了回來。

木蘭花和高翔在那一瞬間，同時笑了起來，他們異口同聲地道：「是的，我們錯了！」

安妮深深地吸了一口氣，在她的臉上，現出從來也沒有過的高興神色來。

請續看《木蘭花傳奇》29 秘約

倪匡奇情作品集

木蘭花傳奇28神蹟（含：金廟奇佛、陷阱）

作　者：倪匡
發行人：陳曉林
出版所：風雲時代出版股份有限公司
地址：10576台北市民生東路五段178號7樓之3
電話：(02) 2756-0949
傳真：(02) 2765-3799
執行主編：朱墨菲
美術設計：許惠芳
業務總監：張瑋鳳
出版日期：2024年7月
版權授權：倪匡
ISBN ：978-626-7464-14-4
風雲書網：http://www.eastbooks.com.tw
官方部落格：http://eastbooks.pixnet.net/blog
Facebook：http://www.facebook.com/h7560949
E-mail：h7560949@ms15.hinet.net
劃撥帳號：12043291
戶名：風雲時代出版股份有限公司

風雲發行所：33373桃園市龜山區公西村2鄰復興街304巷96號
電話：(03) 318-1378　　傳真：(03) 318-1378
法律顧問：永然法律事務所 李永然律師
　　　　　北辰著作權事務所 蕭雄淋律師

行政院新聞局局版台業字第3595號 營利事業統一編號22759935

定價：299元　

國家圖書館出版品預行編目資料

神蹟／倪匡 著. -- 臺北市：風雲時代出版股份有限公司, 2024.06　面；　公分.（木蘭花傳奇；28）

ISBN : 978-626-7464-14-4（平裝）

857.7　　113005408

雲
雲
雲